走出推理的迷宫

福尔摩斯探案评说

吴鹤龄/著

科学普及出版社
·北京·

图书在版编目（CIP）数据

走出推理的迷宫：福尔摩斯探案评说/吴鹤龄著.
—北京：科学普及出版社，2012.5
　ISBN 978-7-110-07668-2

Ⅰ.①走… Ⅱ.①吴… Ⅲ.①侦探小说—小说研究—英国—现代 Ⅳ.①I561.074

中国版本图书馆CIP数据核字（2012）第021287号

出版人	苏　青
策划编辑	杨虚杰
责任编辑	杨虚杰　郝　爽
封面设计	何亚虹
责任校对	林　华
责任印制	李春利

出　　版	科学普及出版社
发　　行	科学普及出版社发行部
地　　址	北京市海淀区中关村南大街16号
邮　　编	100081
发行电话	010-62173865
传　　真	010-62179148
投稿电话	010-62176522
网　　址	http://www.cspbooks.com.cn

开　　本	635mm×965mm 1/12
字　　数	150千字
印　　张	16.5
版　　次	2012年5月第1版
印　　次	2012年5月第1次印刷
印　　刷	北京正道印刷厂
书　　号	ISBN 978-7-110-07668-2/I·244
定　　价	25.00元

（凡购买本社图书，如有缺页、倒页、脱页者，本社发行部负责调换）
本社图书贴有防伪标志，未贴为盗版

19世纪　20世纪　1940年代　　　　1980年代　　　　　21世纪

银幕上的经典
福尔摩斯形象

伦敦贝克街221B
(现福尔摩斯博物馆)

英文版《福尔摩斯探案集》

《血字的研究》第一次
推出时的封面

序一　智者千虑　必有一失

　　在世界文学史上，如果要评选哪位作家的成就最大、影响最深远，那么，在候选的名单中可能有莎士比亚、歌德、托尔斯泰、马克·吐温，等等，但绝不会有柯南道尔。如果想知道，在世界文学史上，哪位作家的哪部作品读者最多、流传最广，那么答案就恐怕非柯南道尔的福尔摩斯探案莫属了。确实，从1887年柯南道尔推出福尔摩斯探案第一部《血字的研究》，120多年来，福尔摩斯探案在全世界有多少版本？出版了多少万册？其故事迷倒了多少的男女老少？……都已经难以统计了。小说中所创造的福尔摩斯的形象是如此有血有肉，栩栩如生，以至许多人把他当作真实的存在，写信到伦敦贝克街221B向他致敬、向他请教。有学者仔细研究了他的"生平"，给他编制了"年谱"。当柯南道尔在《最后一案》中让福尔摩斯和他的死对头莫里亚蒂教授搏斗，一起坠入深渊死去时，竟然引起整个伦敦市为之哗然，女人们潸然泪下、穿上丧服，男人们在胳膊上戴上黑纱以示哀悼，并对作者发出强烈抗议和谴责，甚至英国女王也表示"不悦"，以致柯南道尔不得不在《空屋》中让福尔摩斯活着回来，继续施展其才能。更有甚者，为纪念福尔摩斯在《巴斯克维尔的猎犬》中复出100周年，2002年10月，英国皇家化学协会竟然授予他名誉会员称号！世界文学史上再也没有第二个虚构的人物像福尔摩斯那样深深地扎根在人们的心中了。

也许有读者会问，既然福尔摩斯探案已经如此深入人心，那你还要对它评说些什么？且听我慢慢道来。

柯南道尔的成功并不完全在于探案故事的惊险、刺激，柯南道尔是一个知识渊博、阅历丰富的人，他把他有关自然科学、社会科学诸多领域的知识以及他求学、行医、航海、旅游等的亲身经历和所见所闻融合到他的创作中去，使福尔摩斯探案不仅成为令人拍案叫绝的侦探小说，在一定程度上也成为发人深省的社会小说。在许多探案故事中，柯南道尔深刻地揭露了资本主义在形成和发展过程中对殖民地的残酷掠夺和剥削。一些人为了一己私利，丧尽天良，泯灭亲情、友情，不顾信义，尔虞我诈，丑态百出，甚至铤而走险。不合理的社会制度和被这种制度扭曲了的人性，正是各种犯罪的根源。这一点，相信绝大多数读者在欣赏福尔摩斯探案中都会有所体会。但是，由于东西方文化的差异以及对西方历史、地理缺乏了解，许多福尔摩斯探案的背景是中国读者所不了解的。比如，福尔摩斯的亲密助手华生在阿富汗战争中负过伤，阿富汗战争是怎么回事？《血字的研究》是以摩门教所奉行的一夫多妻制及严酷的宗教统治为背景的，摩门教是怎么回事？摩门教为什么要大迁徙？除《血字的研究》外，福尔摩斯探案中另一部最负盛名的长篇小说《四签名》是以英军镇压印度人民的抗英斗争为背景的，印度是如何沦为英国的殖民地的？印度人民是怎样反抗英国的殖民统治的？对这类问题，很多中国读者是不清楚的，这就难免影响读者对福尔摩斯探案的社会意义的认识。本书的重点之一就是介绍福尔摩斯探案的种种背景，以便读者更好地欣赏小说。这就是本书副标题"福尔摩斯探案评说"中"说"字的主要含义。

　　福尔摩斯探案以严密的逻辑推理著称。不可否认，柯南道尔在创作时是经过缜密思考，仔细推敲，合理布局的，因而其故事总体上是合乎情理、逻辑性较强的。但"智者千虑，必有一失"，早就有人指出，"如果我们换一种眼光，完全跳出小说创造的情境，而用更挑剔的眼光来看这些探案故事，也会觉得某些案情难免略显勉强。在追随福尔摩斯的推理过程中虽然五体投地、兴味盎然，如果'逆向思维'地深究一下，他无时不在的推论也难说都站得住脚。"[①] 国外专家也有类似看法，而且在介绍福尔摩斯探案的专著中指出了某些故事中的"情节漏洞"。如美国作家迪克•瑞利（Dick Riley）和帕姆•麦克阿里斯特（Pam McAllister）在他们1998年所著的*The Bedside, Bathtub & Armchair Companion to Sherlock Holmes*（Continuum International Publishing Group）[②] 中，就指出了福尔摩斯探案中多达35个情节漏洞。遗憾的是，他们所指出的情节漏洞基本上属于上下文之间的疏于照应，而不涉及案情本身是否合乎逻辑，合情合理。本书试图弥补这一缺陷，剖析福尔摩斯探案中有悖于现实生活，不够真实或者说故事虚构得不太成功之处。这就是本书副标题"福尔摩斯探案评说"中"评"字的主要含义。当然，笔者无意于以此来贬低福尔摩斯探案；相反，正是想通过正反两方面的分析，使读者在阅读福尔摩斯探案故事时更增加一些兴趣，更多一些思考的空间。

　　福尔摩斯探案的中文版非常之多。这些版本的内容当然是相同的，但由于出自不同译者之手，风格不一，手法各异，甚至连人名、地名、篇名也不尽相同。例如，《冒险史》中的"The Adventure of the Copper Beeches"，有的直译为"铜山毛榉案"，有的根据Copper Beeches是一个庄园名称，译为"紫山毛榉庄园奇案"，有的则根据故事情节涉及一个少女的头发，意译为"发之波折"。对不同的译法如何评价，孰优孰劣，可能是一个仁者见仁、智者见智的问题，笔者不予置评。而本书所评说的福尔摩斯探案故事，依据的蓝本则是国际文化出版公司和中国书籍出版社2006年所推出的《福尔摩斯探案集》。该书是由已故季羡林先生任主编，宋兆霖先生任副主编，编委中包括叶廷芳、吕同六、高莽等诸多名家的《世界文学名著经典文库》，也就是所谓"名家名译"丛书中的一种，由许德金先生主译。之所以选择该书作为我们评说的依据，一是因为其译文质量总的来说比较好，二是因为它的篇幅比较适中。全部福尔摩斯探案共包括3部长篇，59部短篇小说，我们当然没有必要一一加以评说，只要选择有代表性的若干篇加以点评就可以了。《福尔摩斯探案集》中包括福尔摩斯探案中的3部长篇和7部短篇，正好适合我们的需要。因此，本书中的引文（加引号的语句）均出自该书；个别译文笔者认为不太确切而有所改动的，则以注解的形式作出说明。有些地方我们还引用了原文以作对照，依据的则是世界图书出版公司2006年推出的*The Complete Classic Series of Sherlock Holmes*。此外，我们从柯南道尔原著中选取了一些插图放在所评说的每个探案的"故事梗概"部分，这些插图是当时的本土画家创作的，反映了一个多世纪前，福尔摩斯所处时代的风土人情、衣着服饰，是"原汁原味"的。画家在图上一般有签名（有些是姓名的词头缩写），因此我们就不一一注明画的作者了。

笔者原拟写一篇柯南道尔介绍放在书的最前面。后来发现，几乎所有版本的福尔摩斯探案集都包含有或详或简的柯南道尔介绍，这里再出现这样一个材料就显得重复且无必要了，因此我们取消了这个部分。相信读者会理解和支持我们的这个决定。

  本书的写作历时近一年，酝酿和准备的时间超过10年。本书既旨在指出福尔摩斯探案中逻辑推理不够严密之处，当然就更加注意自己的分析要严谨、合理。但笔者深知自己并非"智者"，纵有"千虑"，也不会只有"一失"，而是失误多多。笔者的朋友莫海亮（我们是因为有相同的兴趣和爱好而成为"忘年交"的）在阅读了本书的初稿以后，就从年轻人的视角出发，提出了许多修改意见，使本书增色不少。因此诚恳地希望和欢迎读者不吝指教。

吴鹤龄

2012年初春

---

 ① 冯涛、张坤译：福尔摩斯历险记，人民文学出版社，2004。前言。
 ② 该书已由刘军平、朱静、李娜、袁婷译为中文，书名《侦探福尔摩斯》，暨南大学出版社，2005。

序二　从热爱读书到热心科普

我出生在江苏省金山县张堰镇（现属上海市金山区），那是位于黄浦江以南、濒临杭州湾的一个典型的江南水乡，镇子虽然不大，但商业很繁荣，文化也比较发达，出过不少名人，"南社纪念馆"现就设在这里。诺贝尔奖获得者、有"光纤之父"美誉的高锟先生也是我们那地方的人。

我从小兴趣广泛，尤其喜欢看书。家里有一套线装、石印的《三国演义》，在我识几百个字以后，就开始半懂半猜的读它，不知道读过多少遍。初中的时候，发现一个同学的家里有《红楼梦》等好书，就常常找借口泡在他家看书。我的家在一个叫"尚书浜"的地方（可见那里出过尚书，虽然我至今不知道是哪个朝代的哪个尚书），新中国成立前几年，有人在浜岸边办了个私人图书馆，规模虽然很小，对我来说却是一个足够广阔的天地，是我的"天堂"，一有空就跑那儿去看书，什么样的书都看得津津有味。由于过于"投入"，有一次图书馆关门了都不知道，被关在了里面！

从小学到中学再到大学，从当学生到当老师，阅读始终是我最大的爱好。图书馆始终是我最常去的地方。我不会打牌，也不习惯于跟人聊天，我的时间大部分是在"与书为伴"中度过的。记得1957年流感大爆发，我在因发烧被学校隔离期间把莎士比亚戏剧集读了一遍！

1998年我退休以后开始从事科普创作，这大概与我天性爱看书、因此多少有一些积累有关。退休不久，我应邀为《计算机世界报》办了一个"ACM图灵奖得主简介"专栏，每期介绍一位有"计算机界的诺贝尔奖"之称的图灵奖获得者的生平、事迹、贡献和经验。后来被高等教育出版社看中，把专栏文章汇编成《ACM图灵奖——计算机发展史的缩影》一书，受到业界人士的欢迎和好评。接着，又出版了该书的姊妹篇《IEEE计算机先驱奖——计算机科学与技术中的发明史》。这两本书与我的专业——计算机有关，虽不是教材，但被认为是科技和人文相结合的佳作，对青年学子有很好的教育和启示作用，"不是教材，胜似教材"，算是高级科普书吧。

由于我业余爱好数学，平时积累了许多与数学相关的材料，所以后来陆续出版了《好玩的数学——娱乐数学经典名题》、《七巧板、九连环和华容道——中国古典智力游戏三绝》、《迷宫趣话》和《魅力魔方》。其中《好玩的数学——娱乐数学经典名题》被新闻出版总署列入2004年（首届）向全国青少年推荐的百本优秀图书书目。《好玩的数学——娱乐数学经典名题》和《七巧板、九连环和华容道——中国古典智力游戏三绝》两本书后来被科学出版社纳入由张景中院士主编的"好玩的数学"丛书，整套丛书被新闻出版总署列入2006年向全国青少年推荐的百本优秀图书书目，2009年获国家科技进步奖二等奖。我的这些书主要讲述智力游戏中的数学，以寓教于乐的方式普及数学知识，初衷就是培养青少年对数学的兴趣和创新精神。这些书出版后，全国各地（包括香港和台湾）有不少读者来信同我讨论问题，交流心得，成了朋友，其中有些年轻人同我成了"忘年交"，这使我感到很欣慰。深圳的青年莫海亮特别喜欢数学，但由于偏科，没有考上大学，在我的鼓励下现在一边打工，一边自学，我们经常通过电子邮件讨论数学问题。最近，我和他合作撰写的科普文章《超越魔方皇后——破解六色同堂难题》还被《科学世界》杂志录用刊登。

我还翻译了一部科普名著——美国学者庞德斯通的《囚徒的困境——冯·诺伊曼、博弈论和原子弹之谜》。因为冯·诺伊曼不但是"博弈论之父"，也是"计算机之父"，与我的专业有关，所以我欣然接受了翻译此书的任务。该书出版以后，在内地获得"科学时报读书杯"科学文化·科学普及奖，在台湾获得"第三届吴大猷科学普及著作奖"翻译类的佳作奖，成为在海峡两岸同时获奖的极少数图书之一。有趣的是，后者颁给我的奖杯上刻着"吴鹤龄小姐"，把我这个白发老头当成了年轻女郎（这倒从另一个方面说明了这个奖的评委是只认书，不认人的，不像国内许多评奖把名气和资历放在第一位）。

我最近完成的一部作品是《走出推理的迷宫——福尔摩斯探案评说》。从小学五、六年级起我就开始看《福尔摩斯探案》、《霍桑探案》这类书。《福尔摩斯探案》不知看过多少遍，可以算是一个十足的"福尔摩斯迷"。原先我对福尔摩斯百分之百接受，对福尔摩斯崇拜极了。后来随着知识增加，对福尔摩斯开始产生怀疑。第一次产生怀疑是在20世纪80年代，看了CCTV由赵忠祥主持的《动物世界》，再结合《不列颠百科全书》上的介绍，知道了蛇有四种行走方式：S形前行、直行、侧行、"六角手风琴"形前行，但唯独不会倒退行走。可是在福尔摩斯探案中的"斑点带子案"里，却有这样的情节：一个曾经在印度行医的医生，为了谋取两个继女的财产，在女儿床头安了根"拉铃绳"，晚上，他把从印度带回来的一条毒蛇放出，让蛇沿着绳子爬过去咬死了一个女儿。第二个女儿很害怕，去找福尔摩斯，福尔摩斯让她回避，他自己和华生埋伏在她的房间里。等黑夜来临，蛇又爬过来时，他就用鞭子使劲抽打绳子，逼得蛇倒退回去把主人咬死了。我想，蛇既然不能倒着行走，它在细细的绳子上显然也无法"调头"，怎么可能倒退回去把继父咬死呢？退一万步，即使蛇能以某种神奇的方法倒退回去，那蓄意借蛇杀人的继父在放出蛇以后势必密切注意动向；福尔摩斯用鞭子使劲抽打绳子，造成很大动静，更必然引起他的警觉，怎么会毫无防备，轻易地让自己驯养的毒蛇咬死自己呢？从这时起，我意识到福尔摩斯探案中有一些情节是柯南道尔凭空编造出来的，是不可能发生的。从此，我读福尔摩斯探案时，就会多动脑子，多查阅有关资料，思考福尔摩斯的推理以及情节是否合理。陆陆续续竟发现了许多漏洞，足够写一本书了。不过，我想强调一点，我写这本书，不单纯是为了批判福尔摩斯，更主要的还是科普。因为柯南道尔毕竟是西方人，故事的背景对中国人来说都是不太熟悉的，所以我在即将出版的书中增加了许多背景资料的介绍，以便让大家在读福尔摩斯探案故事的时候掌握相关的历史、地理知识，了解当时的社会、科学、宗教等情况。

　　写一些科普书，算是我退休后发挥一点余热吧；直到现在，我也仍经常去图书馆看书，有些好书还要买回家，不断学习，不断充实。

科普在提高全民族的文化、科学素养中起着重要的作用，这是大家公认的。但现实中，科普又往往不受重视。让人欣慰的是，国家正采取措施提高科普的地位。2005年起，优秀科普作品被列入国家科技进步奖的评奖范围就是一个证明。衷心希望凡是有条件的人都积极投身到科普中来，让科普出现欣欣向荣的局面。

——原载《出版人·图书馆与阅读》杂志2011年第8、9期合刊

目 录

I 序一　智者千虑　必有一失
VII 序二　从热爱读书到热心科普

1 血字的研究
美国历史/关于摩门教/电报的发明和应用/阿富汗战争/苏格兰场

30 四签名
印度简史/阿格拉城和阿格拉堡/安达曼群岛

47 波希米亚丑闻
波希米亚/婚姻和婚姻法/照相技术的发明

64 红发会
共济会/刺青（文身，tattoo）/伊顿公学和牛津大学/《不列颠百科全书》

78 身份案
打字机的发明和应用

| 88 | **博斯科姆比溪谷秘案**
澳大利亚简史

| 103 | **五个橘核**
美国南北战争/3K党/劳埃德船舶年鉴

| 121 | **新蓝宝石案**
宝石/爵位制度/圣诞节

| 135 | **歪嘴男人**
鸦片/英国的币制/涨潮和退潮

| 157 | **巴斯克维尔的猎犬**
德文郡的沼泽地/南非和英国对南非的殖民统治/狗和猎犬/
电灯的发明和推广

血字的研究

　　福尔摩斯只用了3天时间就侦破了这个案件，其关键是锥伯的口袋中有名片，所以知道他来自美国克利夫兰；从现场捡到露茜的戒指和侯波用手指蘸自己因激动而流下的鼻血在墙壁上写下的"报仇"（德文Rache），可以推测出这是同女人有关的一个仇杀案件。

福尔摩斯探案评说

故事梗概

亲人和同伴已先后死去的费瑞厄和露茜在布兰卡山脉中命悬一线

大迁徙中路过的摩门教教徒发现和救出了费瑞厄和露茜

19世纪中叶，在美国东部往西部移民的热潮中，一支21人的队伍在大陆中部布兰卡山脉中迷失了方向，粮尽水绝，队员们一个个先后死去，最后只剩下奄奄一息的约翰·费瑞厄和一个5岁的女孩被大迁徙中路过的摩门教教徒发现和救助，得以幸存。那个女孩理所当然地成了约翰·费瑞厄的义女，取名露茜。两人得救后跟随摩门教教徒来到盐湖城定居，成为他们中的一员，循规蹈矩，但思想上并不信奉摩门教。

几年以后，约翰·费瑞厄凭着他的精明和勤奋，成为盐湖城地区数一数二的富豪，露茜则成长为当地最美丽的少女，被称为"犹他之花"。在一次骑马外出途中，露茜不慎陷入牛群，危急万分中幸遇路过的青年杰弗逊·侯波相救，才得以脱险，并双双堕入情网。

摩门教先知卜瑞格姆·扬（历史上确有其人，而且确是摩门教的首领）严厉斥责露茜和异教徒相爱，让她在摩门教两位长老的儿子——已经有7个妻妾的伊瑙克·锥伯和已经有4个妻妾的约瑟夫·斯坦节逊中间挑选一个作为自己的丈夫，限期一个月答复。费瑞厄不愿同自己相依为命、患难与共的义女落入火炕，决心反抗。他秘密找人通知远在内华达山中找矿的侯波回来营救

2

他们父女。在等待侯波回来期间，摩门教秘密组织天天在费瑞厄家中留下令人心惊胆战的信号。

在期限将到的最后一天晚上，侯波终于偷偷潜入被摩门教秘密组织严密监视着的费瑞厄家，并带领费瑞厄父女逃离虎口。但在逃亡途中，摩门教派出追捕他们的队伍还是乘侯波为充饥而离开费瑞厄父女去打猎的机会，杀死了费瑞厄，掳回了露茜，并强迫她和锥伯成亲。

不到一个月，忧愤交加的露茜就含恨死去。侯波冒着生命危险潜入露茜的灵堂，同露茜作最后的告别，并取走了露茜手上的结婚戒指，因为他认为露茜戴着这枚戒指下葬是对她的亵渎。他发誓要为露茜和费瑞厄报仇，并且在杀死凶手的时候，一定要让他看着这枚戒指，知道自己为什么罪行而死。为了完成这个任务，他暂时回到内华达过去待过的矿上，以恢复体力，积聚资金。

5年以后侯波回到盐湖城准备实施报复计划。不想情况已经变化：摩门教内部发生分裂，锥伯和斯坦节逊都成了异教徒，离开犹他，不知去向。立志报复的侯波从此走上了长期艰难的寻找仇人之路。

从国内到国外，从美洲到欧洲，几经周折，屡遭失败，功夫不负有心人，许多

侯波从牛群中救出了露茜，两人双双堕入情网

侯波在摩门教秘密组织严密监视下救出费瑞厄父女，但最终仍未能逃离虎口

福尔摩斯在锥伯死亡现场进行检查

年以后，侯波终于在英国伦敦找到了锥伯和斯坦节逊。此时，这两个人已经成为一主一仆：锥伯依然腰缠万贯，花天酒地，而斯坦节逊只是锥伯雇用的私人秘书。但曾经共同犯下的罪行使他们因为恐惧而时刻不敢分离，因而使侯波难以下手。最后，机会终于来了，当他们准备离开伦敦去利物浦而误了火车，需要等候下一班时，好色的锥伯不听斯坦节逊的劝告，执意独自一人回原来的房东家，妄图把他垂涎已久的房东女儿带走。不料，在部队当军官的房东儿子在家，用棍子把他打了出来，并穷追不舍。狼狈不堪的锥伯慌乱中跳上了一直跟踪着他的侯波所赶的马车，被侯波趁机带到一座空屋，亮出露茜的戒指，痛斥摩门教的罪行，并强迫锥伯从他预先准备的一粒有毒、一粒无毒的2粒药丸中挑选一粒服下，他自己服下另一粒，由上帝来决定他们二人的命运。结果，天网恢恢疏而不漏，锥伯选中了有毒的那粒，一命呜呼。

然后，侯波又去到斯坦节逊藏身的旅馆，故伎重演；但狡猾的斯坦节逊（他是开枪打死费瑞厄的凶手）拒绝挑选药丸，企图越窗而逃，侯波无奈一刀把他刺死。至此，侯波终于完成了他的复仇大业。

两件命案发生后，苏格兰场的警长葛莱森和雷斯垂德束手无策，求助于福尔摩斯。福尔摩斯先是利用侯波不慎失落在锥伯遗体旁的露茜的戒指，在报纸上刊登失物招领广告，企图诱捕凶手。不料聪明的侯波没有上钩，而是让他的朋友化装成一个颤颤巍巍的老太婆去认领戒指；"她"领了戒指坐马车离去时，福尔摩斯对"她"进行了跟踪，却被"她"神不知鬼不觉地脱身。福尔摩斯继而通过美国警方的帮助，获知了锥伯的仇人名为侯波，并利用贝克街上的流浪儿在马车夫中找到了他，诱他来到贝克街221B，经过一番搏斗，终于生擒侯波。但侯波由于长期过着颠沛流亡的生活，早已重病在身，被捕当晚就平静地死去。

背景介绍

美国历史

这个案件发生在英国伦敦，但是背景却是在大西洋彼岸的美国，涉及美国历史中的几件大事，如美国西部的开发，摩门教的迁徙和演变等。美国是当今世界上最强大的超级大国，因此对美国历史作一个简单的介绍是有意义的。

欧洲对美洲的殖民史

在世界各国中，美国可谓"后起之秀"。它于1776年建国，只有短短200多年历史。当15世纪亚洲和欧洲许多国家已经发展了相当高度的文明，并且开展着贸易往来的时候，美洲还是一片无人知晓的蛮荒之地。最初，亚洲和欧洲之间的贸易往来是通过陆路进行的，也就是所谓"丝

福尔摩斯探案评说

福尔摩斯向贝克街上的流浪儿布置任务

福尔摩斯在贝克街221B智擒侯波

绸之路"。意大利人马可·波罗（Marco Polo，1254—1324）所著的著名游记叙述的就是他沿丝绸之路来到中国的见闻。但是，依靠驴、马、骆驼进行贸易，货运量太小，成本太高，人们转而寻求海上航线。15世纪初，葡萄牙的亨利王子（Prince Henry，1394—1460）就开始创办航海学校，建造新型船舶，研制新的航海仪器，多次派出船队，试图开辟出一条通往东方的航线，因此被称为"航海冒险者亨利"（Henry the Navigator）。但是亨利派出的船队始终未能超越非洲西北部，因此他的愿望至死也未能实现。但是葡萄牙人的努力没有白费，1487年，巴托洛苗夫·蒂阿斯（Bartholomew Diaz）航行到了非洲的最南端，他把那里命名为"好望角"（The Cape of Good Hope）。10年以后，也就是1497年，另一位船长达·伽马（Vasco da Gama，1460—1524）利用蒂阿斯留下的资料，顺利到达好望角，并继续前进，终于到达印度的西南海岸，沟通欧亚的海上航线终于实现，见图1-1。达·伽马后来被委任为葡萄牙驻印度的总督，并病死于印度。在1869年由法国人所开凿的苏伊士运河通航以前的约370年间，

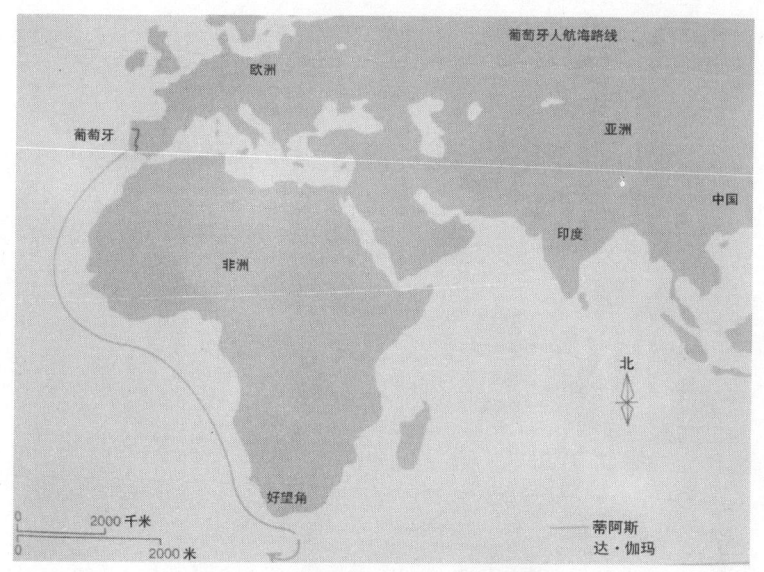

图1-1 葡萄牙人开辟的东方航线

由达·伽马所开辟的这条航线始终是欧洲人前往东方的主要水路。

在葡萄牙人绕道非洲开辟通往东方的航线的同时，新崛起的西班牙意图发现新的航线同葡萄牙竞争。1492年8月，坚信从欧洲的港口出发在大西洋中一直向西航行就能到达东方的意大利航海家哥伦布（Christopher Columbus，1451—1506）说服了西班牙伊莎贝尔王后（Queen Isabella，1451—1504），由他率领3艘大船开始了寻找新航线的征程。经过2个多月在茫茫大海中的航行，他们发现在头顶有一些鸟在飞行，于是跟随着这些鸟来到了一个岛屿。哥伦布在这里插上西班牙的旗帜，命名它为圣萨尔瓦多（San Salvador）。注意，这里的圣萨尔瓦多并非指现今中部美洲国家萨尔瓦多的首都，而是加勒比海巴哈马群岛中

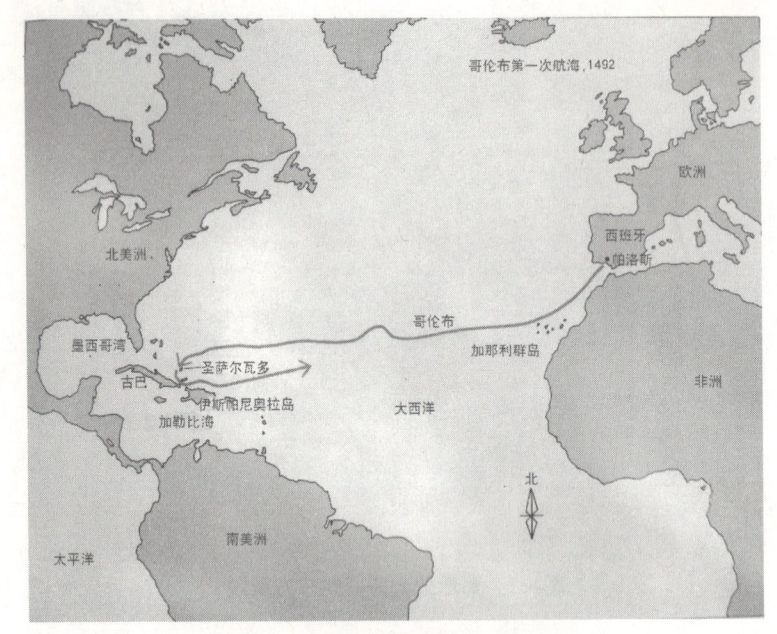

图1-2 哥伦布发现新大陆的航线

的一个小岛，现在又叫华特林岛），见图1-2。这就是著名的"哥伦布发现新大陆"的故事，虽然哥伦布在其一生的4次远航中，主要是到达加勒比地区，其足迹遍及巴哈马群岛，古巴（这是他心目中的美洲大陆），海地和多米尼加（他命名为伊斯帕尼奥拉岛），牙买加，大、小安的列斯群岛等等。在第三次远航中，他曾经到达特立尼达，来到帕里亚湾，登上帕里亚半岛（在今委内瑞拉北部），真正登上过美洲大陆一次，可惜他把这里当作一个小岛，匆匆离去。

哥伦布为了开辟通往东方的新航线，4次远航，但始终未能到达他向往的神秘的东方，这使他去世时满怀失望，死不瞑目。他不知道的是，他的愿望虽然没有实现，但是他却为人类打开了一个新世界——广阔的美洲。在随后的岁月里,许多欧洲人沿着哥伦布开辟的航线陆续踏上美洲大地。最先到达的西班牙人发现了墨西哥和秘鲁,为他们赢得了金矿和银矿;随后是法国人,1534年卡梯尔(Jacques Cartier, 1491—1557)经由圣劳伦斯湾(the Gulf of St. Lawrence)进入加拿大,1608年由萨缪尔·尚普兰(Samuel de Champlain, 1567—1635)在魁北克(Quebec)建立了第一个商埠,进行毛皮和鱼类交易;英国人直到17世纪初才开始向美洲进发:1606年12月,120名英国人分乘3艘小船,经过4个多月航行进入切萨皮克湾(Chesapeake Bay),抵达弗吉尼亚,在詹姆斯河(James River)一带定居下来,通过烟草种植而发展起来。

另一批英国移民是102名清教徒(Pilgrims)。他们因为拒绝信奉英国国教(Church of England),受到英国国王詹姆斯(King James, 1566—1625)的迫害,被迫离乡背井,远赴美洲。他们1620年9月驾驶"五月花"(Mayflower)帆船出海,原计划到弗吉尼亚与前一批英国移民会合,但当他们抵达弗吉尼亚附近海岸时,暴风雨把"五月花"吹向马萨诸塞湾,他们只得在科德角(Cape Cod)登陆,定居于普利茅斯(Plymouth)。到1642年左右,在马萨诸塞海岸一带定居的英国移民达到17000人。

荷兰人来的更晚一些。荷兰的一家贸易公司最初雇了一个名叫哈德逊(Henry Hudson)的英国船长,让他寻找通过北极前往东方的航线,也没有成功。1609年,他的船队沿着北美洲的海岸南下,驶进了一条大河,他们在那儿停了下来,并聚集起愈来愈多的荷兰人。1626年,荷兰人用价值只区区60盾的珠子、刀子和一些农具从原住民手中买下了整个曼哈顿岛进行开发,并把这个城市命名为"新阿姆斯特丹",这就是纽约及其曼哈顿商业区的前身。那条大河后来就叫作哈德逊河。

欧洲殖民者在美洲各自割据一方的局面从1664年起开始发生变化。当年,英国人和荷兰人为争夺殖民地而爆发的战争结束,荷兰人投降,失去了他们对原有殖民地"新荷兰"的统治。新阿姆斯特丹也被改名为"新约克"(New York),也就是"纽约"。

1689—1763年间,英国和法国殖民者为争夺土地、争夺在大西洋中的捕鱼权以及和美洲土著的皮毛交易权而4次交战。在这些战争中,大多数美洲土著都站在法国一边。但是英国人取得了最后的胜利,赢得了原来由法国人统治的、被称为"新法兰西"的整个加拿大以及阿巴拉契亚山脉和密西西比河之间的所有土地。

经过近100年的斗争,到1750年左右,北美洲东海岸渐渐形成13个连成一片的英国殖民地;到1763年,13个殖民地以西的大片土地也归于英国。但住在那里的居民并非全部是英国人,而几乎来自欧洲各国,说着各种各样的语言,见图1-3。

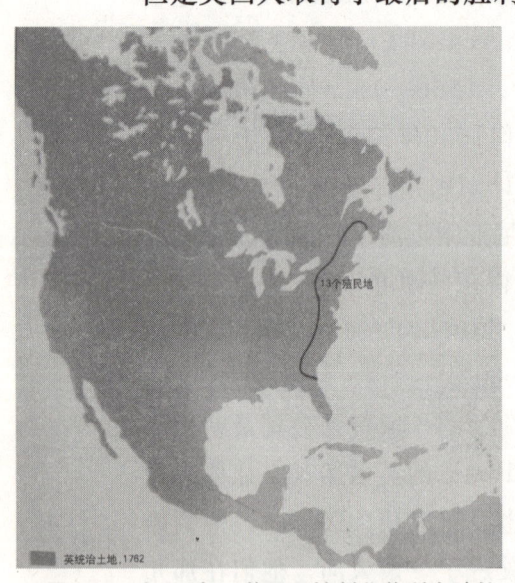

图1-3 到1763年,英国已控制北美洲大陆的半壁江山,这也是美国独立初期它的领土范围

独立战争

英国打败欧洲其他国家，在美洲成为"一家独大"，也是付出了代价的。他们为战争花了许多钱，统治更多的领土也需要更多的钱。钱从哪里来？只能靠征税。各种各样的税使殖民地的人民不堪重负。而且，随着时间的推移，移民的后代对"祖国"英国已经愈来愈缺乏认同感。他们在美洲土生土长，绝大多数人从来没有到过英国，对英国毫无概念，唯一的联系是在英国也许有从未谋面的姑姑、舅舅、堂姐、表弟，偶有书信，如此而已，因而他们不再认为自己是英国的"子民"，没有向英国政府纳税的义务。因此，1765年英国议会通过苛刻的"印花税法"（Stamp Act）引起殖民地人民的强烈反对，第二年就被迫取消。但很快，英国议会通过新的法律，征收"茶叶税"，再次引起殖民地人民的强烈反对，尤其是在纽约、费城、南卡罗来纳、波士顿等地。波士顿人甚至组织了"茶叶党"（Boston Tea Party）专门抵制茶叶。1773年，满载茶叶的一艘大船抵达波士顿，茶叶党的成员穿上美洲土著人的衣服登上甲板，把全部342箱茶叶统统扔进大海。作为惩罚，英国议会专门通过法律，关闭波士顿港口直至他们赔偿损失（这意味着没有物资可以输入波士顿，波士顿也不可能输出任何物资）；马萨诸塞议会的成员要由英国总督任命，并且不得总督允许不许集会。面对如此严酷的法律，其他殖民地的人民纷纷向波士顿人民伸出援手，为他们提供粮食和其他物资。与此同时，许多移民领袖开始准备同英国作战。

1775年，殖民地的士兵开始在新英格兰地区（也就是现在美国东北部几个州）训练，并于康科德（Concord）聚集武器装备。从1768年以来就驻扎在波士顿、主要任务就是预防殖民地人民武装反抗的英国军队闻讯后派出600名士兵出发去收缴武器。1775年4月19日，他们在莱辛顿（Lexington）附近同殖民地的民兵（他们被叫作"minutemen"，意思是随叫随到的人）遭遇并发生战斗，美国独立战争的第一枪就此打响。

1776年夏，美洲殖民地议会，也叫大陆议会（Continental Congress）在费城开幕。7月4日，通过了主要由来自弗吉尼亚的代表托马斯·杰弗逊（Thomas Jefferson，1743—1826）起草的"独立宣言"（the Declaration of Independence），美利坚合众国，简称美国，由此正式成立，7月4日也因此被定为美国的国庆日。

然而，英国人并未放弃，战争仍在进行。由乔治·华盛顿（George Washington，1732—1799）任总司令的大陆联军在苦战中获得英国的死对头法国的支持。1781年，华盛顿的军队向勋爵康瓦利斯将军（General Lord Charies Cornwallis，1738—1805）驻扎在约克城（Yorktown）的英军发起进攻，而法国的舰队则在切萨皮克湾成功地阻拦了英国船队，使之无法增援英军。被四面包围的英军弹尽粮绝，只得投降，独立战争终于结束。2年以后，签订了巴黎条约（the Treaty of Paris），英国承认美国独立，把从大西洋直到密西西比河的所有领土交给这个新的国家。

参与独立战争的13个英国殖民地形成的邦联议会（Confederation Congress）于1787年5月在费城举行了会议，在华盛顿主持下通过了宪法（the Constitution），确立了三权（立法、行政、司法）分立的基本政治制度。华盛顿当选为美国首任总统，1789年在当时选定的首都纽约宣誓就职。至此，宣布独立已经12个年头的美国才算走上轨道。

西部大开发

美国成立之初只有13个州，陡峭险峻的阿巴拉契亚山脉是其西部边界。或出于好奇，或为了谋生，早就有人不顾危险自发从事西部的探险活动。1775年，著名的猎人蓬纳（Daniel Boone）在坎伯兰山脉（Cumberland Mountains）中发现了一个裂隙可以勉强通行人马，成为去往西部的通道。到1790年，已经超过10万人经由这条险象丛生的通道从东部到肯塔基和田纳西一带定居。

但这样的探险活动规模小，目标有限，离真正的西部——太平洋沿岸还有很大的距离。大规模的美国西部开发是由美国第三任总统、独立宣言的起草者杰弗逊组织和启动的。杰弗逊是一位有远见、有雄才大略的政治家，他1801年上台以前就梦想对大陆不被人们所知的西部进行探险，但力不从心。当上总统以后，他邀请一个年轻的军官刘易斯上尉（Captain Meriwether Lewis，1774—1809）出任其秘书，任务就是为西部探险制定计划并加以实施。与此同时，他果断地同法国进行了一笔交易，把东起密西西比河，西到落基山，南起墨西哥湾，北到加拿大边界的大块领土从法国人手中买了下来。被称为"路易斯安那并购"（the Louisiana Purchase）的这一事件在美国历史上意义重大：第一，这使美国的领土整整扩大了一倍；第二，美国取得了新奥尔良港，这对美国人通过墨西哥湾同南美洲通商十分重要；第三，它为美国向西部进军奠定了很好的基础。这么一笔好买卖美国付出的代价却非常小：80万平方英里土地只花费了1500万美元，相当于一英亩2美分！

那么法国人为什么甘愿吃这么大的亏？其实法国人很精明：他明知这片土地难免落得和英国殖民地一样的下场，多少捞一把脱手，总比日后"鸡飞蛋打"，甚至"赔了夫人又折兵"强一百倍。你说对吗？

经过3年准备，刘易斯上尉同他的一个好朋友克拉克（Willam Clark，1770—1838）于1804年5月率领一支由43人组成、被称为"发现之旅"（the Corps of Discovery）的队伍，从密苏里的圣路易斯（St. Louis, Missouri）出发，历经千辛万苦，终于越过落基山，于1805年11月7日在俄勒冈地区看到了太平洋。1806年9月，他们返回圣路易斯。发现之旅所开辟的道路为西部大开发奠定了基础，见图1-4。

然而西部大开发的热潮是40多年以后才真正开始的。1848年，在加利福尼亚的萨克拉门托山谷中发现了金矿，希望尽快致富的人们这才成群结队地拥到这里来淘金。1845年时加利福尼亚（当时还属于墨西哥）的人口大约只有8000人，5年以后已经迅猛地增加到十几万人。它的归属也屡经改变：19世纪初它是西班牙的殖民地；1821年，墨西哥人民赢得独立，成立了墨西哥共和国，包括加利福尼亚、得克萨斯等在内的原西班牙殖民地成为墨西哥共和国的一部分；墨西哥禁止愈来愈多的美国人移民到他们的领土上来，引起了冲突，首先是得克萨斯于1836年赢得胜利宣布独立，1845年加入美国，成为美国的一个州；同年，新当选的美国第十一任总统波尔克（James Knox Polk，

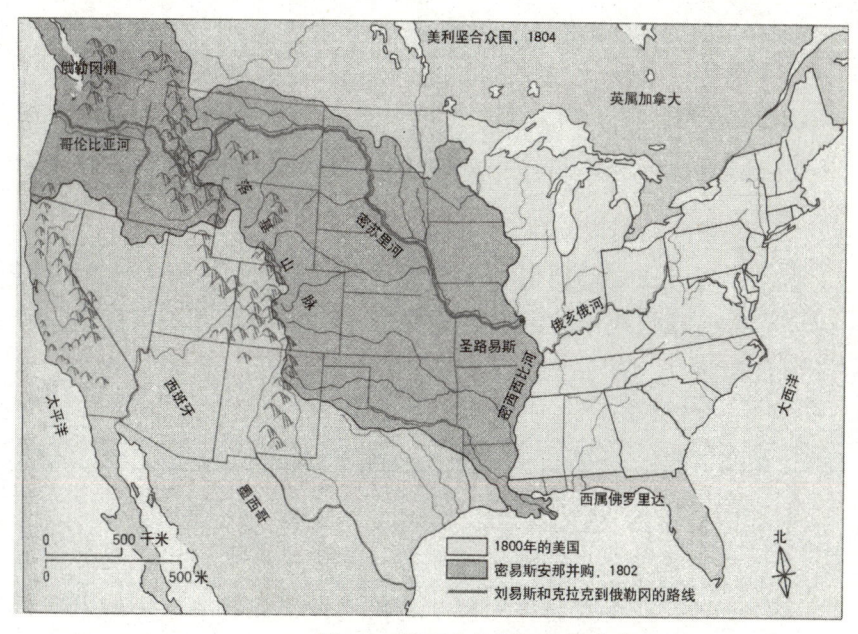

图1-4 发现之旅所开辟的道路

1795—1849）提出用4000万美元购买加利福尼亚和新墨西哥。稚嫩的墨西哥政府不像老牌帝国法国政府那样聪明，坚持宁要土地，不要金钱，于是爆发战争。1848年，墨西哥战败，被迫把加利福尼亚和新墨西哥无偿交给美国，从此美国的领土扩展到了太平洋。1850年，加利福尼亚成为美国的一个州。因此加利福尼亚的居民成为美国公民是美国建国将近3/4个世纪以后的事。

也许是偶然的巧合，正是加利福尼亚成为美国的一个州的1850年，25000名梦想发财的中国人（主要是广东一带的人）分乘40艘大船从香港出发，跨越太平洋来到加利福尼亚淘金。由于语言不通，受到歧视，他们在美国的处境比来自其他国家和地区的人更加艰难。1882年美国国会通过带有明显种族歧视性质的《排华法案》，使华人的处境更是雪上加霜。这个法案直到1943年才取消，而美国参议院直到2011年10月6日才通过议案为《排华法案》道歉。但吃苦耐劳的中国第一批移民为美国西部的开发，尤其是为太平洋铁路的修建作出了很大的贡献。

《血字的研究》中，费瑞厄和露茜被困在布兰卡山脉中遇摩门教相救的故事发生于1847年5月，正是淘金热开始的前夕。那么，摩门教又是怎么回事呢？

关于摩门教

摩门教是美国基督教的一个边缘派别（也就是另类派别），其正式名称为耶稣基督末世圣徒教会，创始人为纽约的一个农夫之子约瑟夫·史密斯（Joseph Smith, 1805—1844）。1827年，他自称获得天使摩罗尼亲自授予的金箔，上面刻有古埃及文；1830年，他又自称获得神启，把它翻译成《摩门经》出版，并正式建立摩门教。关于"摩门"（Mormon）这个名称，据史密斯自己解释，源于"more mon, more good"，也就是"神愈多愈好"，说明他们信奉多神论，甚至认为上帝也不只一个。

摩门教自命为真教会，其他教会是叛教或腐化的教会。它的教规十分严格，有一套复杂的领导机构，且奉行一夫多妻制，其教义和习俗屡屡同当地其他教会和民众发生冲突，不得不屡屡迁徙。先是从纽约迁到密苏里的杰克逊县，不久又被迫迁徙；1839年，15000名摩门教徒在伊利诺伊西部密西西比河畔自建了一座城市，取名"诺伍"

（Nauvoo，意为"美丽之城"），很快发展成伊利诺伊最繁华的城市，史密斯也声名大振。1844年，他雄心勃勃地起来角逐美国第十一任总统。一个反对摩门教的党派为此办了一个报纸，专门打击史密斯。后来这个报社被人捣毁，史密斯被控涉事被捕，在狱中被人谋杀。卜瑞格姆·扬（Brigham Young，1801—1877）成为摩门教新的首领（在小说中被称为"先知"），于1846年开始组织摩门教徒又一次向西迁徙，其先头部队170人经过1800公里的艰难跋涉，于1847年7月到达犹他地区，选定大盐湖盆地作为他们的定居地，接着其余8万摩门教徒成群结队先后抵达，建起了盐湖城，把它看成是美国的"锡安山"（Zion，耶路撒冷的圣山）。因此小说中费瑞厄和小露茜在布兰卡山脉中被路过的摩门教教徒发现和救助的情节同历史事实是相符的。小说中，卜瑞格姆·扬在安排好费瑞厄和小露茜以后，大声招呼摩门教教徒"咱们耽搁得太久了，出发吧，向锡安山前进！"[①]，其意就在于此。

1849年，犹他地区的摩门教申请建州，遭到合众国政府拒绝。直到1890年美国高等法院裁定一夫多妻制非法，摩门教随即宣布放弃一夫多妻制，扫清了它融入美国的障碍。1896年犹他州成为美国的第45个州，摩门教徒的愿望得以实现。目前，全世界尚有摩门教教徒大约1200万。

小说中提到摩门教内部发生分裂，锥伯和斯坦节逊都

[①] 锡安山（Zion），《圣经·旧约》中指耶路撒冷城内两山中的东山，今名奥弗尔山。"锡安山"一词很流行，但在《圣经》的用法上，锡安山往往指耶路撒冷城而不是该山。此词含有强烈的感情和宗教意味，但为什么锡安山有这种意味而耶路撒冷却没有，不得而知。《福尔摩斯探案集》把它译为"郇山"，我们根据惯例改为"锡安山"。

成了异教徒，那是怎么回事呢？历史上摩门教确实发生过分裂，那是约瑟夫·史密斯死后，一些反对卜瑞格姆·扬的教徒另立门户，成立"耶稣基督末世圣徒改组教会"，他们拒绝跟随卜瑞格姆·扬迁往犹他地区，留在了伊利诺伊和周围地区。但这件事发生在1850—1860年，而小说描写这件事发生在侯波回到盐湖城准备复仇前几个月，时间上对不起来，因为费瑞尼和露茜遇害是1860年（斯坦节逊在费瑞尼的坟墓上留下纸条，写着"死于1860年8月4日"），而侯波是5年以后回盐湖城的，应在1865年。此外，分裂派是不跟随卜瑞格姆·扬迁往盐湖城的，而锥伯和斯坦节逊都已迁到盐湖城，似不属于分裂派。可见小说在这些细节方面同历史又不完全一致。耶稣基督末世圣徒改组教会目前在全世界大约有20万信徒。

虽然摩门教是美国基督教的一个非主流派别，但千万不要以为它没有什么影响力。说来也许你不信，相当多的名人是摩门教教徒呢。在角逐2012年美国总统的共和党候选人中，就有2个摩门教教徒，一个是马萨诸塞州前州长米特·罗姆尼，另一个是摩门教重地犹他州前州长乔恩·亨茨曼，也就是出任过驻华大使的洪博培（后来退出选举）。如果罗姆尼能脱颖而出，成为共和党的正式候选人，并击败民主党的奥巴马当选下届美国总统，就将创造美国历史上的又一个"第一"，即第一次由摩门教教徒入主白宫。这可是160多年前摩门教创始人史密斯就曾经梦想过的事。

电报的发明和应用

福尔摩斯只用了3天时间就侦破了这个案件，其关键是锥伯的口袋中有名片，所以知道他来自美国克利夫兰；从现场捡到露茜的戒指和侯波用手指蘸自己因激动而流下的鼻血在墙壁上写下的"报仇"（德文Rache），可以推测出这是同女人有关的一个仇杀案件。于是他向克利夫兰警察局发报，了解锥伯生前有什么仇人。恰好侯波曾经在克利夫兰找到过锥伯和斯坦节逊，但被后者发现，找警察局报案，把侯波关押了一段时间。因此在克利夫兰警察局提供这一线索以后，福尔摩斯所要做的就是找到侯波而已。可见，电报在其中起了十分重要的作用。那么电报是何时发明的呢？

在现代通讯技术中，技术相对简单的电报是最先发明的。1832年，有"数学王子"之称的德国大数学家高斯（C. F. Gauss, 1777—1855）和物理学家韦伯（W. Weber, 1804—1891）合作，利用一根能左右偏转的磁针制成了一台电报机，在哥廷根大学的物理实验室和天文台之间拉起了一根9000英尺长的电线，约定用不同数量和不同方向的电流脉冲来传输信息。这是世界上第一台实验型电报机。1837年，英国人惠斯通（C. Wheatstone, 1802—1875）和库克（W. F. Cooke, 1806—1879）发明了用五根磁针的电报机，并且在帕丁顿和西德累斯顿之间架起了世界上第一条商用电报线路。但由于上述电报装置都是用磁针偏转的多种位置来代表不同的符号，这样，单单26个英文字母就需要26种不同的状态，设备势必十分复杂，因此未能实用和推广。

说来有趣，最终发明实用电报机的既不是科学家，也不是工程师，而是美国的一位画家，他叫莫尔斯（Samuel F. B. Morse, 1791—1872）。

事情起因于1832年，人到中年的莫尔斯到欧洲旅游，在归途的轮船上，他听了一个年轻人关于神奇的电磁铁和电的演说和表演，十分着迷，决心告别艺术，投身科学。他首先想到了可以利用电来传递信息，于是在写生簿上写下了"电报"（Telegraph）这个词，开始他对电报的构思和发明。

可以想象，对电和机械装置原本一窍不通的莫尔斯要完成这个任务是多么不容易。他必须从头学起，并反复试验。3年过去了，他花光了全部积蓄，毫无成果。迫于生活，他只好重操旧业，去一所大学当美术教授。然而，他对电报的思考和研究并没有停止。一天深夜，一个灵感突然涌现：电流在停止的一刹那会出现火花，可以当作一种符号；没有火花是另一种符号；而没有火花的时间可以控制，让它有长有短，成为2个符号，这样就有3种符号可以利用，把它们组合起来，就可以代表所有字母、数字和其他符号了。基于这一灵感，莫尔斯经过周密考虑，终于设计出了电信历史上的第一个编码——莫尔斯电码，见图1-5。

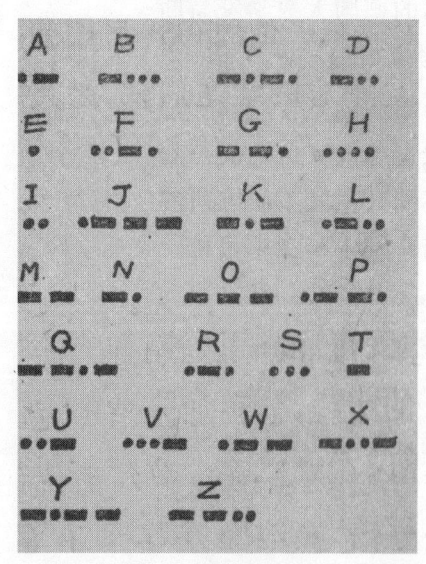

图1-5 莫尔斯电码

莫尔斯电码可以说是世界上第

一个超越民族特点而能表达信息的共同语言，而且具有结构简单、易于实现的优点。莫尔斯设计出这种电码以后不久，就于1837年研制出了电报机的雏形。为了改进机器，筹集资金，莫尔斯甚至卖掉了自己最心爱的几幅名画。不久，他就研制出了实用的电报机，见图1-6。

图1-6　莫尔斯电报机

实用电报机完成以后，莫尔斯去华盛顿游说修建实验用的电报线路。几经周折，国会在1842年才同意拨款，在华盛顿的最高法院和巴尔的摩之间架起了一条64公里长的线路。1844年5月24日，莫尔斯在这条线路上发出了人类历史上第一封电报："上帝创造了何等的奇迹！"（What a wonder the God has created!）。

莫尔斯电报试验成功以后，很快在欧洲和北美大陆得到推广。电报本身虽然不是大众传媒，但第一媒体——报纸很快应用电报来传送新闻，率先采用的是1845年伦敦的《纪事晨报》。

莫尔斯电报在推广应用中遇到的一大难题是浩瀚的大洋阻挡。1858年，在合众社的支持下，第一条大西洋海底电报电缆铺设完成。在盛大的庆典上，英国维多利亚女王和美国总统布坎南（James Buchanan，1791—1868）通过电缆发送电报互致庆贺和问候。但这条越洋电缆1866年才正式投入使用。

这个小说中的案件发生于1881年，距大西洋电缆投入使用已有15年，因此电报在欧、美已经比较流行。故事中，除了福尔摩斯发电报给克利夫兰警察局了解锥伯的情况外，在斯坦节逊的口袋里发现了一封从克利夫兰发来的电报，电文是："J. H. 现在欧洲"，说明东躲西藏的锥伯和斯坦节逊也曾利用电报了解侯波的行踪；而J. H. 正好是侯波名字的词头缩写，这就更加使福尔摩斯确信作案的就是侯波。此外，费瑞厄在先知卜瑞格姆·扬威胁性的谈话以后，为了安慰露茜，开玩笑似的说，不要怕，我会给侯波送信，他知道以后就会比电报还快回来的（he'll be back with a speed that would whip electro-telegraphs），露茜听了以后破涕为笑。这段描写说明普通老百姓也已知道电报这个事物了。

阿富汗战争

最后还有一个背景需要介绍一下，这个背景同故事无关，但涉及福尔摩斯的助手华生医生。小说是以华生回忆录的形式出现的，华生在开头写道，他1878年获得医学博士，又进修了军医课程，被派往驻扎在印度的军队当军医。未及报到，就爆发了第二次阿富汗战争，他在战争中差点送命。阿富汗战争是怎么回事？让我们从头说起。

阿富汗是我们的邻国，地处亚洲中西部，是伊朗高原东部的一个内陆国家，战略地位十分重要。历史上，它曾经被伊朗、希腊、印度、阿拉伯、蒙古等许多民族统治过。1747年，阿赫迈德汗·阿布达利由部落酋长会议推举为国王，取称号阿赫迈德沙·杜兰尼，才形成一个独立的国家。由于国王叫杜兰尼，它也被叫作杜兰尼王国。初期，它曾经四处征战，不可一世。到1818年，由于内战，逐渐衰微。

19世纪以来，阿富汗和英国之间曾经发生过3次战争，在英国被叫作3次阿富汗战争，站在阿富汗人民的立场上，是3次抗击英国入侵的战争。3次战争，都起源于英国和俄国对该地区控制权的争夺。在俄国方面，是企图通过阿富汗向印度洋扩张；在英国方面，是力图阻止这种扩张，以确保其在印度领地的利益。

第一次阿富汗战争发生于1838—1842年。起因是受俄国支持的伊朗围攻赫拉特（这是阿富汗西部与伊朗接壤的一个地方），阿富汗要求英国支持，并收复白沙瓦，遭到拒绝。阿富汗转而靠拢俄国，英国乃借口发动战争，占领坎大哈，进逼喀布尔，阿富汗统治者投降。但人民的反抗斗争不息，1841年11月，阿克巴尔领导的喀布尔起义使英军陷入绝境，被迫撤离，16500人全军覆没，仅数人生还。后英军聚集重兵重新占领喀布尔，疯狂报复，屠杀人民。但不久撤出，结束了这场持续近5年的战争。

第二次阿富汗战争发生于1878—1880年。起因是俄国征服中亚后派军事代表团到阿富汗劝国王希尔·阿里汗（1863—1879在位）与俄国结盟。英国闻讯后派著名外交官张伯伦（Joseph Chamberlain，1836—1914）为首的代表团到阿富汗游说，但国王希尔·阿里汗拒绝接见，于是英国向阿富汗宣战，国王希尔逃亡，因得不到俄国的支持，在忧郁中死去。其子耶古卜汗继位后，于1879年5月与英国签订丧权辱国的冈达马克条约，把处理对外关系的权力拱手交给英国。阿富汗人民奋起反抗，1879年9月又一次发动喀布尔起义，包围英国官署。阿里汗的侄子阿卜拉·拉赫曼汗在俄国支持下也回到阿富汗组织反抗。英国为了脱身，同他妥协，承认其为国王，至此战争结束。华生参加的就是这次战争。

第三次阿富汗战争发生于1919年。起因于新的国王夏努拉汗要求独立，遭到拒绝，5月战争开始。由于其时印度正开展第一次非暴力不合作运动，英国急于脱身，6月即宣告停战，8月签订和约，英国放弃对阿富汗外交权的控制，阿富汗终于赢得独立。

由此可见，阿富汗这个国家同我们中国一样，历史上也饱受帝国主义侵略之苦，同时，阿富汗人民同中国人民一样，也是富有斗争精神和革命传统的人民。"9.11事件"以后，美国小布什政府为打击支持基地组织的"塔利班"政权而发动了阿富汗战争，使阿富汗人民又一次陷入了深重的灾难。我们相信，阿富汗人民终究会把命运掌握在自己手中。

苏格兰场

小说中，参与破案的除了福尔摩斯和华生外，还有苏格兰场（Scotland Yard）的警长葛莱森和雷斯垂德。什么是苏格兰场？苏格兰场是西方最著名的警察总部——伦敦警察局的别称。这是位于"白厅"（Whitehall）附近的一个城堡，由于过去苏格兰国王来伦敦时都住在这个城堡里，因此得名。1829年，罗伯特·皮尔爵士受命组建警察局时，选定这里为警察局总部所在地，因此人们习惯把伦敦警察局叫作苏格兰场。1887年，由于苏格兰场空间不够，在泰晤士河边另建了新的警察局，被叫做新苏格兰场。

血字的研究

对小说的评论

　　《血字的研究》是柯南道尔的第一部福尔摩斯探案小说，可谓他的处女作。笔者认为，它是福尔摩斯探案中最成功、最出色的探案之一。这个探案，故事中套着故事，虽然离不开英雄救美人、坏人欺压好人、好人报仇雪恨这类老一套的情节，但在柯南道尔笔下，故事写得跌宕起伏，委婉曲折，十分引人入胜。其中，费瑞厄和露茜3次身陷绝境（对露茜来说，加上身陷牛群，是4次面临绝境）的描写尤其动人心魄。第一次，费瑞厄和露茜在布兰卡山脉中断粮断水，面对丛山，四顾无人，只有秃鹰在头顶上盘旋，等待着他们倒毙时刻的来临。许多美国东部往西部移民的类似经历令人惊心动魄。第二次，他们受到摩门教先知卜瑞格姆·扬的胁迫，心有不甘，但无能为力。在一个月的期限里，神出鬼没的摩门教秘密组织天天夜里在他们小心闭锁着门窗的屋内留下催命符式的信号，使他们心惊胆战，度日如年。第三次，他们在侯波带领下逃离虎口，在荒山老岭中慌不择路，饥寒交迫，困倦不堪，犹如丧家之犬，最终仍难逃厄运，读来令人心碎。

　　案件部分，情节的开展常常一波三折，出人意料，但又在情理之中。福尔摩斯的洞察力和逻辑推理能力令人拍案叫绝。例如，在对锥伯死亡现场经过仔细勘查以后，福尔摩斯对死者和凶手是如何到达现场的；到达以后曾经发生过什么事；死者身上并无血迹，那么他是如何死的；谋杀的起因属于哪一类；凶手大致的年龄、身高、长相特征等都已了然于胸，因此就能沿着正确的方向去侦破。在这里，柯南道尔安排2个苏格兰场的庸才警长来反衬，使福尔摩斯的聪明才智更显突出。

因为是福尔摩斯和华生初次登场亮相，因此这篇小说的开头对他们两人有相当多篇幅的介绍作铺垫，很值得重视，尤其是对人物个性的描写相当生动、成功。有些内容其实反映了作者的人生态度和价值观。例如，华生发现福尔摩斯某些领域的知识十分丰富，而另一些领域的知识则惊人地贫乏。他对此表示惊讶。福尔摩斯解释说："你知道，我认为人的脑子是一个有限的空间，你必须有选择地吸收知识。你不能把什么东西都放进去，那样做是愚蠢的。如果那样做，就会丢掉有用的东西，至多是和许多其他东西混杂起来，到时候也难以应用。因此，会工作的人一定要进行非常仔细的选择，记住对他有用的东西，抛开无用的一切，并把有用的东西条理化。如果认为大脑的空间具有弹性，可以任意扩展，那就错了。请你相信，总有一天，随着你的新知识的增加，你会忘记以前熟悉的东西。因此最重要的是，不能让无用的东西排斥有用的东西。"福尔摩斯的这段话富有哲理，笔者深表赞同。确实，一个人要想成功，必须首先树立明确的目标，但这还不够。在树立明确的目标以后，必须心无旁骛，全身心投入，朝着这个目标努力前进，不为其他无关的问题事务所干扰分心。这也许是福尔摩斯成功的秘诀之一，值得大家学习。

情节漏洞

《血字的研究》就案件及其侦破来说，总体上柯南道尔设计得相当周密严谨，福尔摩斯的推理也可谓丝丝入扣，合情合理，令人信服。但如果我们仔细推敲，会发现它也不是滴水不漏的。笔者就发现，如果这是一个真实的案件，那么最后福尔摩斯在贝克街221B他和华生住所的客厅中逮住侯波这一幕是根本不可能实现的！为什么？因为我们在前面的叙述中已经提到，福尔摩斯曾经利用侯波遗失在现场的露茜的戒指，在报纸上刊登失物招领广告，企图以此诱捕凶手。但警惕性很高又十分聪明的侯波没有上钩，而是让他的朋友化装成一个颤颤巍巍的老太婆从贝克街221B取走了戒指（侯波自己是一个红脸大汉，难以化装）。因此，侯波对贝克街221B必然存有戒心。我们甚至可以合理地设想，侯波的朋友到贝克街221B领取戒指的时候，侯波可能就在附近接应，因此，福尔摩斯在侯波朋友领走戒指以后对他进行跟踪这一幕也很可能被侯波看在眼里。即使侯波因故没有去接应，侯波的朋友也势必把福尔摩斯跟踪他、他机智地脱身这件事告诉侯波。而侯波在迫不及待地重新拿到"露茜的戒指"以后，当然会立刻发现这不是真的，而是假冒的，因而立刻会意识到贝克街221B的招领是针对他的一个阴谋。在发生过这一切以后，贝克街的流浪儿专门找到侯波的马车，让他去拉客人，地点又是贝克街221B，侯波这样一个聪明机警的人会丝毫意识不到其中有诈吗？更进一步说，马车是流动的交通工具，贝克街的流浪儿找到侯波的马车的时候，侯波的马车不知道在哪儿，也许离贝克街221B很远。在这种情况下，让侯波的马车空驶很长一段距离，到招领过露茜戒指的贝克街221B去拉客人，如此巧合能不引起侯波警觉吗？基于上述分析，可以看出，福尔摩斯在贝克街221B抓捕侯波，实在是柯南道尔最大的败笔！

　　按照福尔摩斯行事前一贯思虑周密的习惯，抓捕侯波的行动，理应像下面那样进行：让贝克街的流浪儿摸清侯波的马车平常在何处等客以后，福尔摩斯们在附近找一个旅馆假装客人，然后像书中写的那样诱侯波前来实行抓捕；而且在侯波进屋前，除了福尔摩斯外，华生和两个警长应该先藏在内屋，以免侯波进屋看见有4个彪形大汉在内（这无疑又是一种异常情况）引起警觉而节外生枝。此外，福尔摩斯最好化装一下，比如化装成一个老者以迷惑侯波，同时也预防侯波认出福尔摩斯（因为如前所说，福尔摩斯在侯波朋友领走戒指以后对他进行跟踪这一幕很可能被侯波看在眼里，因此侯波是认识福尔摩斯的）。等到福尔摩斯把侯波铐住，侯波反抗时，华生他们再冲出来帮助福尔摩斯抓住侯波。

　　其次，在侯波毒死锥伯，离开现场以后，发现遗失了露茜的戒指，返回现场，但警察已经在场，为避免引起怀疑，乃装作醉汉，骗过了警察。这个情节也有很大的漏洞。首先是警察栾斯和侯波本人的叙述不一致。栾斯告诉福尔摩斯，"我这辈子见过无数醉汉，可是从来没有见过像那个家伙那么烂醉如泥的。我走出来的时候，他在门口倚着栏杆，放开嗓门，大声唱着考棱班唱的那段小调①或是这一类的歌曲。他站都站不住了，真不像话。"而侯波则交待说，"我把马车就近停在一条街上，大着胆子向那房子走去；我宁可铤而走险，也不愿意丢掉这只戒指。我刚走到房子门口，就和一个从房子里出来的警察撞了个满怀。没办法，我装出喝得酩酊大醉的样子，免得惹来麻烦。"前后的这种不一致就算是柯南道尔的疏忽，我们不去深究。最重要的是，既然是烂醉如泥的醉汉，势必酒气熏天，但侯波当天一直跟踪着锥伯，不可能喝过酒，身上根本不可能有一丁点酒气！栾斯走出房子的时候看见装成醉汉模样的侯波，信以为真还可以原谅，后来他和另一个警察还搀扶过侯波，有过"亲密接触"，怎么仍能相信这个身上没有一丁点酒气的人是烂醉如泥的醉汉呢？福尔摩斯称栾斯是"笨蛋"，苏格兰场有个把笨蛋是可能的，同时出现这么两个笨蛋就不可思议了。

---

① "考棱班唱的那段小调"，原文为"Columbine's New-fangled Banner"。"Columbine"通常译为"科隆比纳"，是起源于约1530年的意大利即兴喜剧中的一个舞台角色，一般是伶牙俐齿的青年女仆，这个名字在意大利语中的意思就是"小鸽子"。"New-fangled Banner"应该是当时流行的某个喜剧中的一支插曲。

四签名

柯南道尔深知爱情故事在小说中的作用，因此总是在他的小说中千方百计加入这方面的内容。但是《四签名》的故事发生在战乱中，发生在荒无人烟的安达曼群岛，发生在争夺财宝的尔虞我诈之中，安排谁当爱情的主角、怎么安插爱情故事成为一个难题。柯南道尔巧妙地解决了这个难题：让福尔摩斯的助手华生在办案中同女主人公摩斯坦小姐建立了感情，并发展成为爱情，最终喜结良缘。在这个过程中，摩斯坦小姐是否能获得宝箱中的万贯财宝，是他们的爱情能否最终开花结果的关键，这使华生对于破案、对于让宝箱中的财宝物归原主抱有矛盾的心态。

四签名

故事梗概

故事的主角叫斯莫尔，年轻时游手好闲，惹是生非，在家乡待不下去，参了军，被派往印度。一次在恒河游泳，被鳄鱼咬去了一条腿，成为残疾，离开军队，到一个种植园当监工谋生。1857年印度爆发抗英民族大起义，种植园被焚，他逃到阿格拉城，参加了志愿兵团，驻扎在阿格拉古堡。一天，轮到他带领2个印度兵把守一个比较偏僻的堡门，在半被胁迫、半自愿的情况下，与那2个印度兵和另一个印度人一起干了一桩杀人越货的勾当。原来，印度北方一个富有的王公，为了在战乱中保全财富，把价值连城的珠宝装在一个小铁箱中，让一个心腹仆人假扮成商人来阿格拉城企图把它藏匿在古堡中。斯莫尔和那3个印度人杀死了这个仆人，夺取了宝箱把它藏在一堵墙壁中。斯莫尔画了4张藏宝图，4人在上面都签了名，一人保存一张，发誓绝不泄露秘密，待战乱过后4人均分财宝。

不料没过几天就东窗事发，4人均被逮捕，以谋杀罪被判无期徒刑，后辗转送到安达曼群岛服刑。在那里，斯莫尔发现监狱官舒尔托少校和摩斯坦上尉因赌博破了财，处境窘迫，乃趁机以阿格拉宝藏相引诱，舒尔托和摩斯坦果然上钩。双方经过细心试探和摸底，达成协议：监狱官帮囚犯逃脱，囚

被鳄鱼咬去了一条腿的
斯莫尔在种植园当监工

藏宝人拼命逃跑，最终仍被
斯莫尔和他的印度同伙追杀

犯则分一部分宝藏给监狱官。这之后，舒尔托和摩斯坦也各拿到了一张藏宝图。然而贪心的舒尔托没有遵守协议，他以调查宝藏是否仍然在那里为名去印度以后，取走了宝藏就回了英国，再也没有回来。他用这些不义之财中的一小部分在伦敦购地盖房，成了富豪，对外则谎称是其叔父给他留下了大笔遗产。余下的宝物仍装在铁箱中，被他极其隐密地藏了起来，连他的两个儿子也不知道藏在何处。

几年以后，摩斯坦回国休假，其女儿接父亲电报，来伦敦相会却不见人影，问舒尔托，舒尔托称根本不知道摩斯坦回英国之事，摩斯坦下落成谜。实际上是摩斯坦一回到伦敦就找舒尔托，两人为如何分配宝物发生争执，摩斯坦因情绪激动心脏病发作，突然摔倒死去，舒尔托偷偷掩埋了摩斯坦。

又过几年，斯莫尔治好小黑人童格的病，并且救了他的命，因而利用对他忠心耿耿的童格逃离安达曼群岛。决心报复的他辗转来到伦敦，找到舒尔托的住所，并买通了舒尔托的一个仆人，得以经常偷偷进入舒尔托的宅院，监视着舒尔托，企图弄清舒尔托藏宝之处，夺回宝物。当舒尔托发现有"木腿人"在监视他时，由于心中有鬼，惊恐万分，严密防范。终于有一天他从印度来信中获知了斯莫尔已经潜逃的消息，确信监视他的就是斯莫尔，立刻精神崩溃，一病不起。临终前，他向两个

斯莫尔以阿格拉宝藏引诱监狱官舒尔托少校和摩斯坦上尉，双方达成协议

儿子说出实情，正当他要告诉儿子宝物藏在何处时，斯莫尔闻知舒尔托将死的消息，也赶到其卧室的窗前窃听，被舒尔托发现，在惊恐中一命呜呼。藏宝之处就此成为无人知晓的谜团。

由于舒尔托临终前向儿子诉说了他感到后悔的一件事，即吞并了摩斯坦的那份财富，让他们设法把一个珍珠项链交给摩斯坦女儿以作补偿，舒尔托死后不久，他的小儿子撒迪厄斯就不顾极其吝啬的哥哥巴塞洛谬的反对，在报纸上刊登寻找摩斯坦女儿的启事，以后每年按摩斯坦小姐提供的地址向她匿名寄一颗珍珠。而巴塞洛谬则想方设法寻找藏宝之处。经过几年努力，他终于在楼顶发现了一个封闭的、没人知道的小房间，宝箱就在里面藏着！

撒迪厄斯知道这个消息后，立刻发匿名信给摩斯坦小姐，让她在指定时间带两个朋友在剧院广场指定地点等人来接。摩斯坦小姐由于不知缘由，心怀疑虑，乃求助于福尔摩斯，把她的离奇遭遇——父亲失踪、每年在固定日期莫名其妙地收到一颗珍珠、现在又收到这样一封不知来自何人、到何处去、去那里干什么的邀请信——详告，并出示了她发现的父亲留下的那张藏宝图。福尔摩斯分析邀请人并无恶意，乃和华生一起陪同摩斯坦小姐前往。

到撒迪厄斯家后，撒迪厄斯告以详情，并带领他们一起去巴塞洛谬的宅院，以图索要宝物中属于他们的那一份。不料，斯莫尔得知宝物箱已在楼顶发现的消息后，即带童格潜入，利用童格的灵巧从屋顶进入密室把宝箱盗走，还用毒箭把巴塞洛谬射死。福尔摩斯一行来到后成了凶杀案的第一批目击者。

福尔摩斯探案评说

摩斯坦小姐向福尔摩斯和华生叙述她的奇遇

撒迪厄斯把珠宝的故事告诉摩斯坦小姐、福尔摩斯和华生

巴塞洛谬死于小童格的毒箭

福尔摩斯根据现场的种种痕迹正确地判断出作案的两个人一是木腿人，一是身材矮小，手脚只及常人的一半，且脚趾分开的小黑人，并利用小黑人作案时不慎踩到木馏油发出的浓烈气味，找来一条猎犬追踪到河边。在那里，福尔摩斯巧妙地打听出了凶犯已经租用了一条名为"北极光"的快艇，断定他们准备从水路出逃。然而利用贝克街的流浪儿沿河搜寻"北极光"，竟然影踪全无，使福尔摩斯大出意外。最终福尔摩斯在某船坞中找到了假借修理而停在里面的"北极光"，对它严密监视，在它驶出时用警察局最快的巡逻艇紧追不舍。在追逐过程中，童格射出一支毒箭，险些中的，福尔摩斯一枪击毙了小黑

四签名

人，落入河中。最终"北极光"被巡逻艇逼上河滩，斯莫尔被擒，而缴获的宝箱却是一只空箱，宝物已被斯莫尔撒在江中。

福尔摩斯利用猎犬追捕斯莫尔和童格

经过在泰晤士河面上的一场激烈追逐，斯莫尔终于被擒

背景介绍

印度简史

这个故事是以发生在19世纪中叶的印度民族大起义为背景的。印度是我们的邻邦，又同为"金砖"四国之一，因此让我们大致了解一下印度的历史。

印度也是一个文明古国，有很悠久的历史。早在1526年，在印度这片土地上就建立起了统一的莫卧儿帝国。但随着1498年葡萄牙航海家达·迦马开辟东方航线成功（见《血字的研究》背景介绍），越来越多的欧洲商人，尤其是英国商人来到印度淘金，印度逐渐成为英国的殖民地。1600年由英国商人建立的东印度公司成为"不是政府的政

35

府"，更成为加在印度人民身上的"吸血机器"，引起印度人民的强烈反抗。1757年发生的普拉西战役是以马拉塔人为主的群众抗议的高峰，但由于力量对比悬殊，到1819年，英国人彻底摧毁了马拉塔人的反抗，确立了对印度的殖民统治。

1857年，印度爆发了更加广泛的反英民族大起义。其直接起因是英国在1849年并吞了旁遮普省以后，宣布取消20万印度雇佣兵的特权，引起公愤。这次起义席卷了大半个印度，给英国殖民者以很大的打击，但英国对起义的镇压也极端残酷：英国人把俘虏的起义者绑在炮口上再开炮，以此处死起义者。这次起义以失败告终，从此莫卧儿帝国灭亡，印度彻底沦为英国的殖民地。但同时，东印度公司统治印度的历史也告结束，由英国政府直接管理印度事务。1877年，英国女王维多利亚宣布兼任印度皇帝。关于这次起义，在季羡林先生所著的《1857—1859年印度民族起义》（人民出版社，1958）一书中有详尽的介绍和描写。《四签名》这个故事的背景就是这次起义。小说中，在斯莫尔的口中，起义被叫作"叛乱"，起义者被叫做"20万黑鬼"（在西方历史上起义被叫作"雇佣军兵变"、"土兵起义"）。

20世纪20年代，圣雄甘地领导的非暴力不合作运动风起云涌，使英国殖民者穷于应付。1942年，印度国大党通过决议，要求英军撤出印度。1947年印度、巴基斯坦分别宣布独立。1950年印度颁布宪法，印度共和国正式成立。

四 签 名

阿格拉城和阿格拉堡

　　提起阿格拉城，人们知道的不多，但如果提起泰姬陵，就无人不知了。泰姬陵就位于阿格拉城。阿格拉城距德里200公里，在亚穆纳河边，是始建于公元前三世纪的历史古城，莫卧儿帝国的第三代皇帝于16世纪中叶迁都于此，使之成为印度的政治中心。虽然不到100年，莫卧儿帝国的皇帝就迁都德里，使阿格拉城成为废都，但由于有泰姬陵，它仍然是魅力四射的一座历史文化名城。辉煌无比

(a) 泰姬陵

(b) 阿格拉堡
图2-1 阿格拉城的两颗明珠

的泰姬陵是莫卧儿帝国的第五代皇帝沙·贾汗为纪念他的爱妃泰姬而在亚穆纳河边兴建的，是联合国命名的世界文化遗产。沙·贾汗原计划在亚穆纳河对岸为自己也建造一座陵墓，和泰姬陵相呼应。但由于其皇位被他的第三个儿子奥朗则布篡夺，该计划未能实现，而且他本人也被奥朗则布囚禁在阿格拉堡之中直到死去。阿格拉堡距泰姬陵只有2公里，是阿克巴大帝用了10年时间建成的，内部宫殿林立，有500多座建筑，1983年也被联合国列入世界文化遗产名录，是旅游者必到之地。斯莫尔形容阿格拉堡"是一个非常奇怪的地方，是我见过的最离奇的。它非常的庞大，里面全是绝无人迹的大厅，蜿蜒曲折的小径和迂回转弯的走廊，人在里面极易迷路"，这是符合实际情况的。

安达曼群岛

斯莫尔和他的3个印度同伙后来被送往安达曼群岛服刑。安达曼群岛位于孟加拉湾，由几百个小岛组成。由于它处于印、缅海上商道上，自古以来就是战略要地。18世纪时属于英国；印度独立后归属印度。

安达曼群岛上的土著居民属尼格利陀人种。这个人种的特点是头大身小，体型小于一般人种。由于长期处于封闭状态，直到19世纪中叶，仍排斥一切外人，屠杀外来者，不识耕种，以打猎和采集食物为生，是世界上唯一不知道取火方法的民族。斯莫尔由于治好了岛上一个小黑人童格的病，挽救了他的生命，取得了他的信任，成为他逃离安达曼群岛、找舒尔托取回宝物和进行报复的有力助手。小说中描写童格身材矮小，手脚只及常人的一半，且脚趾分开，但身手不凡，动作灵巧。他的出现和斯莫尔的木腿成为福尔摩斯侦破此案的关键。

对小说的评论

《四签名》是柯南道尔的第二部福尔摩斯探案小说，正是这部小说使柯南道尔一举成名，因为他的第一部福尔摩斯探案小说《血字的研究》虽然也相当成功，但毕竟故事比较简单，因此没有引起太大的重视。相比之下，《四签名》的故事情节更加曲折离奇，高潮迭起，读来使人欲罢不能，因而一经发表，立刻引起轰动，福尔摩斯从此成为家喻户晓的人物。

这个故事仍然以福尔摩斯对演绎法的长篇大论开始，虽然仅作为铺垫，但对于展示福尔摩斯的观察力和分析能力还是很重要的，尤其是其中包括的两个实例：福尔摩斯在毫不知情的情况下，仅凭观察和推理就知道华生早晨去过邮局发电报；从华生递给他的一块表的现状，推论出这块表原来属于他哥哥，并把他的性格、生活轨迹和结局丝毫不差地说了出来，不但令华生折服，也会使读者惊叹不已。

正式的故事以摩斯坦小姐来访开始。她的离奇经历和收到的奇怪邀请理所当然地引起福尔摩斯的极大兴趣。随着他们的赴约，故事情节逐步展开，一个个谜团逐一解开，新的谜团又不断出现，令人应接不暇，真可谓"山穷水尽疑无路,柳暗花明又一村"。这里,福尔摩斯的聪明才智获得充分表现的机会,同时也有挫折和失败相伴。这是柯南道尔的文笔和手法成功之处。最后,由抓获的凶手讲述案件的背景和来龙去脉,这种方式同《血字的研究》是一样的。

柯南道尔深知爱情故事在小说中的作用,因此总是在他的小说中千方百计加入这方面的内容。但是《四签名》的故事发生在战乱中,发生在荒无人烟的安达曼群岛,发生在争夺财宝的尔虞我诈之中,安排谁当爱情的主角、怎么安插爱情故事成为一个难题。柯南道尔巧妙地解决了这个难题:让福尔摩斯的助手华生在办案中同女主人公摩斯坦小姐建立了感情,并发展成为爱情,最终喜结良缘。在这个过程中,摩斯坦小姐是否能获得宝箱中的万贯财宝,是他们的爱情能否最终开花结果的关键,这使华生对于破案、对于让宝箱中的财宝物归原主抱有矛盾的心态。故事让斯莫尔把财宝抛在江中,扫清了横在华生和摩斯坦小姐之间的障碍,得以有一个皆大欢喜的结局。这成为这个故事除了破案以外的另一个看点。

情节漏洞

《四签名》的故事情节曲折离奇,非常引人入胜,但就案情而言,无法自圆其说之处实在不少。

首先是案件的起因——藏宝。财主们藏宝有各种各样的手法和门道，但有两点恐怕是全世界的财主共同遵守的：一是作为"绝密"级的机密，必亲自动手，偷偷进行，绝不假手于人；二要藏在自己的地盘上，使宝物始终不离开自己的视线。也就是说，财主们在撒手人寰之前，总是把自己的财产置于自己的严密控制之下，决不会把这种控制权让给旁人，即使是自己最亲近的人的。而《四签名》中北方那个王公的藏宝完全背离了这个规律：把宝箱交给一个仆人，藏到远远的、处于战火中的阿格拉古堡中去！（小说没有具体说明"北方"的所在，但从描写来看，这个仆人是从远处来到阿格拉的）。这怎么能叫人相信呢？

其次，我们提醒读者注意这样一个问题，即如果你用一只保险箱保存贵重物品——现金、金融债券、珠宝、重要文件，等等，你一定把密码牢牢记在心里，但绝对不会把密码写在保险箱上，对吧？在我们这个故事中，阿格拉宝箱相当于保险箱，它的钥匙相当于保险箱的密码，这应该也没有问题。如果你同意这样一个比方，我们就会发现这个故事中有关阿格拉宝箱和它的钥匙的关系上完全是一笔糊涂账，漏洞百出。

先是斯莫尔被捕后在交代中说，他们劫杀那个仆人、抢来宝箱的时候，"钥匙是用一根丝绳系在宝箱顶部有雕刻装饰的提柄上"的，于是他们就用它打开宝箱，一五一十地清点了其中的宝物。显然这在现实生活中恐怕是绝对不可能的！因为即使这个主人果真那么傻而把宝箱交给仆人的话，其任务是藏宝，把宝箱藏好就行，不需要也根本不会希望仆人去打开宝箱，让自己的财富完全置于这个仆人的控制之下。他不把钥匙留在自己手上而把钥匙留在宝箱上干什么呢？除非那个主人是彻头彻尾的傻瓜，否则任谁也不会这么做！

后来舒尔托取走了宝箱回到伦敦，他怎么打开宝箱？小说没有说，显然，他只能后配一把钥匙，因为斯莫尔他们不会那么傻，在夺取宝箱以后把钥匙留在宝箱上藏起来，而斯莫尔也不会给他钥匙，因为斯莫尔即使有钥匙，后来被捕入狱，而入狱的犯人进监时身边的所有物件必然都被收走。退一万步，斯莫尔身边还偷偷藏着钥匙，在获得自由前，他能把钥匙交给舒尔托吗？

再后来，舒尔托死了，巴塞洛谬在屋顶密室中发现了宝箱，又开箱清点过宝物，但没有说钥匙是怎么来的。是留在宝箱上，或者放在旁边吗？这恐怕又是不可能的事。试想，舒尔托如此狡诈，把宝箱藏在屋顶密室中，钥匙肯定会另藏在一个秘密的地方。

到最后，斯莫尔盗走了宝箱，他的钥匙是哪里来的？是早就留着的吗？前面我们已经说过，这是不可能的。是和宝箱一起到手的吗？这也不可能。即使舒尔托糊里糊涂地犯了个错误，把钥匙留在宝箱上被巴塞洛谬取得，巴塞洛谬这样一个吝啬鬼和精明人怎么会重犯他父亲的错误，把宝箱和钥匙放在一起呢？

总之，在案情的整个发展过程中，宝箱和钥匙是十分关键的，而在柯南道尔笔下，似乎钥匙既然是宝箱的附属物，就必然随着宝箱存在，谁手里有宝箱，谁就有钥匙可以随时打开它（最后华生带宝箱去见摩斯坦小姐除外，这时钥匙已经被斯莫尔丢在江中，华生只能把它撬开），这是非常荒谬的。因此柯南道尔的这个故事虽然非常生动、好看，但经不起推敲，仅仅在宝箱和钥匙的描写上打马虎眼、遮人耳目的地方就很多。

斯莫尔和3个印度人杀死藏宝仆人、夺取宝箱以后，很快东窗事发，4人均遭到逮捕，以谋杀罪被判无期徒刑。但关于宝箱丝毫没有提及，这是这个故事的第三个大漏洞。因为事情败露的原因是北方那个藏宝的王公在派出藏宝仆人的同时，还派出另一个心腹仆人对藏宝仆人进行盯梢、监视（可见藏宝仆人虽然是心腹，那个王公也并不完全相信他，因此钥匙就插在箱子上交给他是根本不可能的）。后者眼见藏宝仆人拿着宝箱进了阿格拉古堡，第二天进古堡去找他，却不见踪影，就报了案，斯莫尔他们的罪行这才败露。显然，盯梢仆人关心的是宝箱而非藏宝仆人，怎么会找到藏宝仆人的尸体就罢休而不追究宝箱的下落呢？在法律上，没有查明犯罪的动机和目的是不能定罪的，这也是一个常识，以谋杀罪判斯莫尔和3个印度人无期徒刑，而他们为什么杀死藏宝仆人，检察官和法官难道会不去追究吗？所以，斯莫尔和3个印度人被投入监狱，而他们藏匿的宝箱却安然无恙，这又是说不过去的。

再说破案方面的漏洞。福尔摩斯在听过摩斯坦小姐和撒迪厄斯的介绍，对现场又进行仔细勘察以后，已经完全清楚作案的是木腿人斯莫尔和一个小黑人，经过艰苦地寻访、追踪，把他们抓获。实际上，斯莫尔和小黑人童格在伦敦已经呆了6年多（因为小说中明确地记载着，舒尔托死于1882年4月28日，那时斯莫尔已经在伦敦，案发那年是1888年9月）。一个装着木腿的逃犯，带着一个形状怪异的黑人，竟然不采取任何措施隐蔽起来，对自己的行踪加以约束、保密，反而招摇过市，"依靠童格作为吃人的黑鬼公开展览来维生，他吃生肉，跳战舞，所以每天都有可观的收入"，而警方在这么长时间里也毫无反应，这是难以想象的。如果真是这种情况，那么在案发以后，要找到这样一对特殊的搭档，应该是不困难的，根本不需要如此大费周折。其次，在摸清斯莫尔的快艇在哪个船坞停泊以后，福尔摩斯完全可以在船坞周围设伏，当斯莫尔一出现就抓住他，或者让警察局派出两只巡逻艇严密监视、待命，当斯莫尔的快艇驶出船坞时一前一后拦截它，很快就能抓住斯莫尔。在小说中，福尔摩斯只安排一只巡逻艇在后面追赶，差点因为赶不上而使快艇逃脱，这和福尔摩斯一贯稳妥的作风是相悖的。可见小说中的安排，完全是为了使故事惊险、刺激、曲折，从而吸引读者的眼球，从破案、抓案犯的角度来说，是根本不现实的。

除了情节上的漏洞以外，小说中还有一些前后不一致的地方。摩斯坦小姐曾向福尔摩斯出示一张藏宝图，说"我在爸爸的书桌中发现的"。这就有点奇怪，因为按照摩斯坦小姐自己的介绍，她很小的时候就被送回英国，母亲早亡，她在爱丁堡的一个寄宿制学校长大。直到1878年她父亲休假，发给电报后来伦敦相会，却不料她父亲已从旅馆中消失，哪来的"爸爸的书桌"呢？案发以后，在华生的回忆中，这张藏宝图变成"在摩斯坦上尉的行李中发现的"，这倒比较合情合理了。像这样前后不一致的地方在《四签名》中有好几处，比较重要的还有，摩斯坦小姐和福尔摩斯他们到达撒迪厄斯家后，撒迪厄斯告诉他们，"昨天我突然听说了一件很重要的事情：财宝找到了"。而当他们到达巴塞洛谬家，发现巴塞洛谬已经遇害以后，撒迪厄斯"突然开始尖声大叫起来：'财宝不见了！他们把所有财宝都抢去了！我们就是从那个洞口里把财宝拿下来的，还是我帮着拿的！我是最后看见他的人！我是昨晚离开他的，我下楼梯的时候，还听见他锁门的声音呢。'"柯南道尔为什么要让撒迪厄斯从"听说"财宝已经被发现，变成他帮巴塞洛谬"从那个洞口里把财宝拿下来"呢？大概是因为柯南道尔后来突然想起要安排撒迪厄斯作为嫌疑犯被警察抓起来吧！

  除了以上这些比较大的漏洞外，故事中还有一些小漏洞。比如，在《血字的研究》中说，华生在阿富汗战争中"肩部受伤"，而在《四签名》中变成"腿部受伤"；摩斯坦小姐找福尔摩斯求助，拿出她当天收到的邀请信，标明的日期是"七月七日"，而他们驱车去撒迪厄斯家时，描写伦敦的夜景，变成"这是一个九月的傍晚"；摩斯坦小姐第一次收到珍珠是"1882年5月"，以后每年同一天收到一颗珍珠，那么，到摩斯坦小姐六年后，也就是1888年7月（或者9月）找福尔摩斯求助时，应该已经收到7颗珍珠，而小说中摩斯坦小姐向福尔摩斯出示了"6颗珍珠"。这些小漏洞对于案情来说倒没有什么大影响，但对于以严密、精确、丝丝入扣相标榜的福尔摩斯探案而言，不能不说是不应该出现的缺陷。

此外，小说中还有一些情节交待得不清楚的地方。例如，在用猎犬追踪斯莫尔和童格的路上，福尔摩斯向华生分析案情的时候说，"斯莫尔为什么不自己去取财宝呢？答案很清楚，地图上的日期正是摩斯坦上尉与那些罪犯关系密切的时候。"但我们在整篇小说中都找不到在什么地方说起摩斯坦上尉留下的那张藏宝图上标有日期。斯莫尔何时被送到安达曼群岛，何时同舒尔托和摩斯坦勾搭上，小说中也都没有清楚的交待。我们只能整理出有关这个故事的大致时间表供读者参考。

约1837年	斯莫尔出生
约1855年	斯莫尔参军，被派往印度
约1856年	斯莫尔被鳄鱼咬去一条腿，离开军队，到一个种植园当监工
1857—1859年	印度爆发抗英民族大起义； 斯莫尔逃至阿格拉，参加志愿兵团； 斯莫尔和3个印度人合谋杀死一个藏宝人，夺取了宝箱藏在古堡中； 斯莫尔和3个印度人被捕，以杀人罪被判无期徒刑；
1860—1877年	斯莫尔和3个印度人被送往安达曼群岛服刑； 斯莫尔和舒尔托、摩斯坦勾结，达成协议； 舒尔托取走宝箱，回英国，独吞财宝。
1878年	摩斯坦回英国休假，在同舒尔托的争吵中死去
约1880年	斯莫尔在童格帮助下逃离安达曼群岛，辗转来到伦敦； 舒尔托发现有木腿人在监视他，恐慌万分，严加防范；
1882年	舒尔托病死； 撒迪厄斯开始每年给摩斯坦小姐寄一颗珍珠；
1888年	巴塞洛谬在屋顶密室中发现舒尔托藏匿的宝箱，案件及其侦破过程从而展开。

总之，《四签名》作为一部虚构的探案小说，情节曲折、惊险、刺激、生动，非常好看！作为一个虚构的案件，情节漏洞太多，离真实生活是比较远的。

波希米亚丑闻

　　福尔摩斯对女性向来冷漠，但对艾琳不能不表现出佩服和尊敬。故事结尾，为了表示感谢，国王褪下手上的绿宝石戒指相赠，但福尔摩斯加以拒绝，说"陛下有一样东西，我认为比这戒指有价值得多"，他指的就是艾琳的照片，这使国王十分吃惊。

福尔摩斯探案评说

故事梗概

神气活现、化装而来的波希米亚国王

福尔摩斯被强拉着为戈弗雷诺顿和艾琳的婚姻作证人

波希米亚国王威廉·戈特赖希·西吉斯蒙德·冯·奥姆施泰因戴着面具,以冯·克拉姆伯爵的假名,神秘兮兮但趾高气扬地来见福尔摩斯,却不料被福尔摩斯一语道破,戳穿真相,说出了他的真实身份,给了他一个下马威。国王只得摘下面具,放下架子,道出实情,求福尔摩斯帮助。

原来国王5年前(那时他还是王储)到华沙做长期访问期间,结识了一个女歌唱家艾琳·艾德勒,同她有染,一起照过相。现在,国王即将和斯堪的纳维亚国王的二女儿结婚,而艾琳威胁要把照片送给他们,使国王的婚事告吹。国王曾经采用各种手段试图把照片要回来,但徒劳无功,根本不知道艾琳把照片藏在何处。国王要求福尔摩斯必须在3天内把照片弄到手。

福尔摩斯接手这个棘手的任务后,首先化装成一个失业的马车夫,到艾琳住宅附近详细观察了住宅布局和周围环境,并混入马车夫中了解艾琳的有关情况和生活习惯,得悉她平日深居简出,除了时常去音乐会演出外,其余时间几乎足不出户。她只和一个青年律师戈弗雷诺顿①来往，而且交往甚密。他每天至少来看她一次，经常是两次。

当福尔摩斯正在琢磨戈弗雷诺顿和艾琳是什么关系时，恰好戈弗雷诺顿匆忙赶到艾琳家里，待了大约半个小时又匆忙出来，慌里慌张地让马车夫在20分钟以内赶到圣莫尼卡教堂。紧接着艾琳也出了门，也让马车在20分钟以内赶到圣莫尼卡教堂。福尔摩斯看了看表，当时是11点30分，他立刻明白了他们两人要干什么，于是跳上一辆马车紧随其后而去。

福尔摩斯装作游客，信步走进教堂，只见里面空空荡荡，只有戈弗雷诺顿、艾琳和一个身穿白色法衣的牧师在圣坛前争论些什么。原来，在没有证人的情况下，牧师拒绝为他们证婚。因此福尔摩斯的出现，成了他们的救星。戈弗雷诺顿一边拼命地向他跑来，一边喊道："谢天谢地，你来得太好了。来！来！来！"，不由分说，把福尔摩斯一把拉到

---

①关于戈弗雷诺顿，小说原文对他的介绍为："Mr. Godfrey Norton, of the Inner Temple"。许多译本（包括《福尔摩斯探案集》）把它翻译成"住在坦普尔的戈弗雷诺顿先生"，这显然是断章取义、自欺欺人的一种译法。实际上，"the Inner Temple"是被称为"圣殿"（The Temple）的一系列建筑物中的一部分，叫作"内殿"。圣殿位于伦敦弗利特街，其产权原属圣殿骑士团（Knights Templar），伦敦支部，后来这些环绕圣殿教堂的建筑物中的内殿和中殿（the Middle Temple）被伦敦四所享有授予律师资格权力的法学协会（或称律师协会或律师学院）中的两个所有。这四所法学协会根据其所在建筑物分别被称为内殿法学协会、中殿法学协会、林肯法学协会（在Lincoln's Inn）和格雷法学协会（在Gray's Inn）。有关情况详见《不列颠百科全书》"Inns of Court"条目。由此可见，"Mr. Godfrey Norton, of the Inner Temple"这句话应译为"内殿法学协会的戈弗雷诺顿先生"才对。圣殿骑士团是公元1118年为保护圣墓及朝拜圣地的信徒而在耶路撒冷组织的一个宗教和军事团体。2011年7月22日，制造了震惊世界的奥斯陆市政府办公大楼爆炸和于特岛枪击案，夺去了77名挪威人性命的"冷面杀手"布雷维克，就在他公布于网上的长篇手记《2083：欧洲独立宣言》中自诩为"圣殿骑士"。虽然圣殿骑士团立刻出面声明布雷维克不是其成员，力图撇清它和布雷维克之间的关系，但这个组织的极端性由此可见。

福尔摩斯探案评说

在一场闹剧过后，化装成新教牧师、假装血流满面的福尔摩斯被抬进了艾琳的住所

圣坛前，只一小会儿，这对年轻人的合法结婚手续就完成了。

据此，福尔摩斯推测戈弗雷诺顿和艾琳可能是要急着离开这里，因此，他也加紧策划和导演了一场闹剧，以便让艾琳自己暴露藏匿照片之处。当天傍晚，当艾琳的马车在门口刚刚停下，两个流浪汉就同时冲上去抢着开门，希望能得到些赏赐。他们还因此大打出手，旁边的两个警卫、一个磨剪刀匠和另外几个闲汉也参加了进来，把刚下车的艾琳困在里面无法脱身。这时，化装成新教牧师的福尔摩斯猛地冲进人群，假装保卫那位夫人。在挤到她的身旁后，就倒在地上，把捏有一小块潮湿的红色颜料的手往脸上一按，立刻制造出了一幅鲜血直流的可怕景象。在围观人群的七嘴八舌中，福尔摩斯被抬进了艾琳的起居室，艾琳亲自为他处理。福尔摩斯瞅准机会发出信号，守候在窗外的华生立刻把一个烟火筒扔进屋内，并大叫："着火啦！着火啦！"在一片混乱中，艾琳跑到一个壁龛那里，抽出那张照片。福尔摩斯一眼看到，目的已经达到，于是立刻高喊起来，说着火只是个假警报，中止了由自己造成的这场混乱。这时艾琳才意识到上了当，于是把照片放了回去，奔出房子，让马车夫进来监视，使福尔摩斯无法去窃取那张照片。

艾琳回到自己的卧室后，化装成一个男青年，跟踪福尔摩斯和华生直到贝克街，彻底证明那位为"保卫"自己而"受伤"的"新教牧师"就是福尔摩斯，于是在福尔摩斯掏出钥匙开门时，向福尔摩斯道了一声晚安后离去。福尔摩斯觉得这个声音很熟悉，但想不起来这个青年是谁。

　　第二天一早，福尔摩斯、华生陪伴波希米亚国王去到艾琳家。按照福尔摩斯的计划，那么早，艾琳应该尚未起床，他们会被安排在起居室等候，这样就可以由国王亲自把照片取到手，然后不辞而别，大功告成。不想他们刚到艾琳家门口，一个老妇人就迎上前来，告诉他们，女主人已经在清早同她先生到欧洲大陆去了，而且再也不回来了。福尔摩斯闻言大惊，推开仆人，奔进起居室，只见里面已经翻得乱七八糟。福尔摩斯急切地把手伸进壁龛，掏出一张照片和一封信，可是照片上只有艾琳一个人。信是写给福尔摩斯的。信中，艾琳称赞福尔摩斯"干得非常漂亮，我完全被你骗到了"，告诉福尔摩斯"我俩都觉得被这么一位出色的对手盯上了，只有三十六计走为上策"，"至于那张照片，你的委托人可以放心好了，不必顾虑对他有什么妨碍"，"我留下了一张照片，他或许愿意收下"。但最后，艾琳的那张照片被福尔摩斯向国王要了过去，成为他对这个奇特的案件和那个美丽而聪明的女士的永远的纪念。

艾琳人已离去，国王所要的照片也不见踪影；但艾琳给国王留下一封信和一张玉照。这张玉照成为福尔摩斯永远的纪念

背景介绍

波希米亚

我们大多数人对于波希米亚普遍缺少概念。其实难怪，因为波希米亚是欧洲历史上的一个小王国，早已不复存在。这个小王国位于现在捷克共和国西部，首都布拉格周围叫做波希米亚高地的一个地区，见图3-1。

图3-1 波希米亚的地理位置

波希米亚面积虽然不大，但由于地处欧洲中部的核心地带，战略地位十分重要，因此是欧洲列强争夺的对象。历史上，它曾经先后被高卢-凯尔特人、捷克人、阿瓦尔人、摩拉维亚人等所统治，11世纪成为神圣罗马帝国的采邑，但日耳曼帝国对它的影响很大。1526年，最后一位波希米亚国王路易斯战死，波希米亚遂属哈布斯堡王朝统治，成为奥匈帝国的一个省，直到1918年第一次世界大战结束，它成为新成立的捷克斯洛伐克共和国的一部分。

这个地区除了政治、军事上的重要性以外，它的文化和艺术传统也非常突出。传说最初的斯拉夫字母就是9世纪时的希腊人君士坦丁在此传教时创造的。从13世纪开始，这个地区生产的刻花玻璃制品就享有盛名，尤其是1700年发明了光彩夺目的钾钙玻璃（被称为波希米亚水晶）以后，以此制作的具有巴洛克风格的刻花和雕刻玻璃制品享誉全球。14世纪时，它的建筑和艺术就达到很高的水平，被称为波希米亚学派，对欧洲,尤其是德国后期的哥特艺术有很大影响，其代表性建筑圣维特大教堂至今仍矗立在被称为"建筑博物馆"的布拉格的古堡中，其雄伟壮丽至今令世界各地的参观者叹为观止，见图3-2。

图3-2 圣维特大教堂

此外，这个地区的人民特别喜欢音乐，诞生了被称为"捷克音乐之父"的斯美塔那（B. Smetena，1824—1884）和德沃夏克（A. Dvorak，1841—1904）等一批在世界音乐史上有很高地位，在音乐界有很大影响的音乐家。前者的代表性作品《我的祖国》和《被出卖的新嫁娘》，后者的代表性作品《斯拉夫狂想曲》和《玛祖卡舞曲》都是传世名作。

根据我们前面的介绍，波希米亚的末代国王死于1526年，这之后就没有波希米亚王国了。《波希米亚丑闻》的故事发生于1888年，当然不可能再有什么波希米亚国王。因此故事中的波希米亚国王实际上可能只是波希米亚王室的后裔，如此而已。也因此，国王刚与福尔摩斯见面时说到自己事情的严重性时说："它重要得也许可能影响整个欧洲历史。"这实在是太夸张了。

婚姻和婚姻法

在这个故事中，艾琳和戈弗雷诺顿为什么要赶在中午12点之前到教堂去完成婚礼呢？因为这是英国的婚姻法所规定的。

婚姻作为男女两性的结合以及由此而产生的夫妻、家庭关系，是一种重要的社会关系。人类在原始社会阶段没有婚姻和家庭，氏族公社时期婚姻家庭形式开始出现，从最早的群婚，发展为对偶婚，最后才形成单偶婚（一夫一妻制）。

为了维护社会的稳定，在各种社会制度下对婚姻和家庭关系都有相应的法律规定。但在18世纪以前，无论中外都没有独立的婚姻法，只在户律（中国）或民法典（西方）中立有关于婚姻的条目。英国于1772年制定《王室婚姻法》，这是世界上第一部有关婚姻的独立法律。1823年，英国制定《婚姻法》，适用于普通公民，开婚姻法的先河。《中华人民共和国婚姻法》制定于1950年5月，以后历经修改。

艾琳和戈弗雷诺顿赶在中午12点之前到教堂去完成婚礼，这是英国的《婚姻法》所要求的。但迪克·瑞利和帕姆·麦克阿里斯特在《侦探福尔摩斯》一书中指出，"1886年5月后英国法律有所改变，婚礼的合法时段被延至下午3点。英国法律还要求不是由一位，而是两位见证人来见证婚礼。"由于故事发生在1888年，可见柯南道尔在这些细节的描写上是不符合当时的英国法律的。

波希米亚丑闻

照相技术的发明

这个故事起因于一张照片,说明当时照相技术已经发明。我们简要介绍一下它发明的历史。

人们很早就知道产生影像的方法。古希腊人就会利用小孔成像的原理,把物体的影像投射到暗箱的壁上。中国古书中也有类似的记载。但如何长期保存产生的影像,却是一个难题,直到19世纪才解决。1826年,一个叫尼布斯(J. N. Niepce,1765—1833)的法国军官经过10年研究,发现了长期保存影像的方法:他在玻璃板上撒上沥青粉末,上面再敷上一层蜡,使它成为半透明体。在阳光下,经过长时间照射,就可以留下实物的白色影子,不会消退。他用这种方法把自家窗外的景象拍摄下来,见图3-3。这张照片的曝光时间长达8小时,虽然只能模模糊糊地看出庭院中的树木、鸽房,效果很差,却创造了意义深远的世界第一张照片。

图3-3 世界上第一张照片

1837年，法国学者达盖尔（L. J. M. Daguerre，1787—1851）在尼布斯工作的基础上，发明银版照相法，显影时间只需20分钟。法国政府以议会法案的形式承认达盖尔的发明，并给以奖金（同时获奖的还有尼布斯，但尼布斯已过世，由其儿子领奖）。1839年8月19日，在法国自然科学研究院和美术研究院的联席会议上，公布了银版照相法的操作方法，这一天因此成为照相技术的诞生日，达盖尔也因此被公认为照相技术的发明者。但在发明之初，银版照相法所需设备十分复杂，见图3-4。

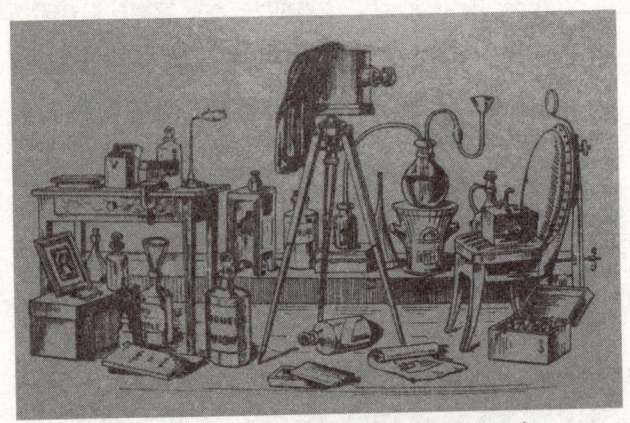

图3-4 达盖尔的银版照相法所需全套设备

之后，达盖尔又先后解决了显影和定影技术，使照相技术趋于成熟。

世界上第一个专业照相馆是1840年在英国伦敦开业的。当时拍一张照片可麻烦了，得用一块大镜子把阳光反射到人的身上（因为当时电灯尚未发明），曝光时间长达1~4分钟。为了保证效果，要用支架把人的头部和身体固定起来。

1885年，美国人乔治·伊斯特曼（George Eastman,

1854—1932）推出卷式软片，1888年发明可以提在手上使用的柯达（Kodak）照相机，照相这才开始走向普及。

故事发生在1888年，离世界上第一个专业照相馆1840年在伦敦开业已经40多年，照相馆应该已经普及，而且照相技术已臻于成熟，柯达照相机则刚刚问世，国王财大气粗，说不定还是这种照相机的第一批用户呢。

对小说的评论

在成功地创作了《血字的研究》和《四签名》，并赢得巨大声誉以后，许多书商以高额报酬向柯南道尔索要书稿。在这种情况下，柯南道尔从1891年7月到1892年6月，在一年时间里，陆续创作了12篇短篇福尔摩斯探案小说，平均每个月一篇，刊登于《海滨杂志》。《波希米亚丑闻》是其中的第一篇，也是福尔摩斯侦探生涯中少有的遭受挫折的一个案件。

故事仍以华生回忆录的形式出现。由于在《四签名》的故事结束以后，华生同摩斯坦小姐成婚，华生搬出了贝克街，不再和福尔摩斯住在一起，所以故事是以华生在一次出诊途中，路过贝克街，顺便去看望福尔摩斯开始的。但这里时间上有个矛盾：《四签名》案件发生在1888年7月或9月（见《四签名》评说），《四签名》案件结束后华生才和摩斯坦小姐结婚。而《波西米亚丑闻》开头说华生在一次出诊途中，路过贝克街，顺便去看望福尔摩斯的时间

福尔摩斯探案评说

是1888年3月20日，这怎么可能呢？！

福尔摩斯按惯例，用他的演绎法一下就丝毫不差地说出了华生婚后家庭生活中的细节，令华生叹服。接着，他们又通过对波希米亚国王此前的来信的演绎，预测将要来访的客人是什么样的人。正在这时，国王驾到，故事由此展开。这种开局方式是柯南道尔所常用的。

在整个故事中，国王的傲慢、前倨后恭、无情无义与福尔摩斯对他的蔑视以及艾琳的美丽、温柔、聪明、理性与福尔摩斯对她的尊重和钦佩，两者形成强烈的对比。福尔摩斯虽然足智多谋，却屡屡败在艾琳的手里：福尔摩斯在办案中经常跟踪别人，这次却被艾琳跟踪而丝毫没有察觉；福尔摩斯是化装的能手，这次却被化装了的艾琳蒙过；福尔摩斯虽然用诡计让艾琳自己暴露了照片的藏匿之处，却无法得到它。福尔摩斯对女性向来冷漠，在一定程度上看不起女性，但对艾琳不能不表现出佩服和尊敬。故事结尾，为了表示感谢，国王褪下手上的绿宝石戒指相赠，但被福尔摩斯加以拒绝，说"陛下有一样东西，我认为比这戒指有价值得多"，他指的就是艾琳的照片，这使国王十分吃惊。当然，国王对他的前情人的照片已经不感兴趣，而福尔摩斯则如愿以偿，留下这张珍贵的照片作永远的纪念。

情节漏洞

迪克·瑞利和帕姆·麦克阿里斯特指出了这部小说中的两个漏洞，除了前面在背景介绍中已经提到过的有关婚礼的漏洞外，还有一个漏洞是，贝克街公寓的女房东莫名其妙地从哈德森太太变成了特纳太太。当然，这两个漏洞都属于柯南道尔的疏忽，对案件来说没有什么影响。我们感兴趣的是同案件有关的漏洞。

首先，我们要探究一下艾琳用照片威胁国王的动机。一般来说，青年男女对婚前的罗曼史通常会当作个人的绝对隐私深深地埋藏在心里，既挥之不去，又不会轻易示人，尤其是在找到自己真正的另一半以后，更害怕那另一半知道自己以往的罗曼史，从而影响感情和婚姻。福尔摩斯在无意中帮助艾琳和戈弗雷诺顿完成婚礼以后说过："他们一结婚，事情倒变简单了。那张照片现在变成了一把双刃剑。很可能她也怕它被戈弗雷诺顿看见，就像我们的委托人怕它出现在公主面前一样"。难道结婚以前艾琳就不怕那张照片被戈弗雷诺顿看见吗？小说对艾琳和波希米亚国王的罗曼史并没有详细描述，但从结尾艾琳还愿意送一幅自己的玉照给国王这一细节来看，他们虽然分手了，感情上并没有严重破裂，更没有到反目成仇、势不两立的地步，何妨艾琳还"爱上了一位比他（指国王——笔者）更好的人（指戈弗雷诺顿——笔者），而这个人也爱我"。在这种情况下，艾琳有什么理由要冒暴露自己的罗曼史、从而影响自己婚姻的危险，而用旧照片去威胁国王呢？进一步说，对方是一位国王，其地位和传统早就决定了他们当初的恋情是只开花不结果的，英国历史上宁要美人，不要江山并放弃王位的皇帝不就只有爱德华八世（Edward Ⅷ，

福尔摩斯探案评说

1894—1972）①一个吗？而且，凭着国王的地位和权势，如果你硬要和他作对，他可以不择手段，甚至把你除掉，让你身家性命难保，可说是一件易如反掌的事（国王不是告诉福尔摩斯，他已经采取过入室或拦路抢劫等各种手段，就差绑架或暗杀了吗）。作为非常聪明、又非常理性的艾琳，对这些应该是早有思想准备和能够预见到的，怎么会在获知国王要成婚时如此一意孤行、不计后果呢？由此可见，柯南道尔编造的这个故事只可能是一个空中楼阁——很好看，但很不真实。

其次，福尔摩斯为了弄清楚艾琳把照片藏在何处，自导自演了一出闹剧。其想法当然是很有道理的："一个女人意识到她的房子要着火了，她本能的反应就是冲过去抢救她最珍贵的东西"。福尔摩斯的诡计也果然得逞。但如果我们考察一下福尔摩斯从酝酿、准备，到演出的过程，就不难发现，这出闹剧的成功实在是太超出想象了。因为我们看到，福尔摩斯是在当天中午12点意外地帮助戈弗雷诺顿和艾琳完成婚礼以后，才意识到他们可能是要急着离开这里，从而加紧策划这场闹剧的。而小说中描写，华生当天下午3点到达贝克街，"四点钟左右，房门开了，走进来一个醉醺醺的马夫"，那是福尔摩斯回到家了。在福尔摩斯简单地吃了一顿饭，向华生交待了他的任务后，他们

---

①爱德华八世是英王乔治五世和玛丽王后的长子。1910年父王即位时立他为王储。1930年父王把18世纪的贝尔韦代尔堡赐给他以后，他开始醉心园林，厌倦政事。1934年同辛普森夫人（W. W. Simpson）相识后双双坠入情网。1936年1月父王死后，爱德华即位，试图让王室接纳辛普森夫人，遭到坚决拒绝。教会和政治家也都支持王室立场。爱德华无奈，于1936年12月宣布放弃王位，由其弟继位，称乔治六世。1937年6月，爱德华和辛普森夫人在法国结婚。

"六点一刻离开了贝克街，比计划时间提前十分钟"到达艾琳家所在的大街，七点，"演出"就开始了。大家看，按照小说中的描写，至少有十几个人参加的这场演出，福尔摩斯只用了从中午12点到下午4点前这么几个小时，就完成了构思"剧本"、征集演员并分配角色、分别交待任务……这么一连串的步骤，而且没有经过任何排练，就完美地完成了这场演出，这可能吗？在这么短的时间里，福尔摩斯从那儿去搞来这一批"天才演员"？再说，剧中的男女主角，男一号是福尔摩斯亲自担纲的，这没有问题，女一号是艾琳，她可根本不了解"剧情"，也完全不了解编导的"意图"，怎么会配合得那么好，完全按照福尔摩斯的计划行事呢？比如说，在福尔摩斯假装受伤倒地而且伤得很严重，几乎只剩一口气的情况下，艾琳完全可能让马车夫把福尔摩斯送到医院去，而不是抬进屋内。真要抬进去，也未必一定是起居室，而可能是抬进门房间或别的什么房间……在任何一个环节上艾琳采取的措施同福尔摩斯的设想不一样，福尔摩斯的如意算盘就会落空。此外，福尔摩斯导演的这出闹剧从一开始就是冒着很大的风险的，因为福尔摩斯作为中午刚刚举行的婚礼的"证人"，艾琳是见过福尔摩斯的，虽然那时他化装成"马车夫"，而在闹剧中他又变身为"新教牧师"，但艾琳是一个绝顶聪明的女人，难保认不出眼前的"新教牧师"就是中午的"马车夫"。由此可见，福尔摩斯为了弄清楚艾琳把照片藏在何处所导演的这出闹剧称得上是地地道道的"魔幻剧"，它能够成功上演真是太不可思议了。

福尔摩斯通过这场闹剧探明了艾琳把照片藏在何处以

后，第二天一早，陪伴波希米亚国王去到艾琳家，企图把照片取到手。这样一个安排，又实在是太弱智了。试想，艾琳露馅以后，即使对自己下车时流浪汉们的大打出手；新教牧师的受伤倒地……这些事没有引起怀疑，难道对屋内被扔进烟火筒引起"火灾"这样的事也会无动于衷吗？稍微思考一下，不难明白这是冲着照片来的阴谋。而一旦明白过来自己上当了，她必然会转移照片，而不会把照片藏在原处不动。福尔摩斯以擅长演绎推理闻名，怎么连这么一个简单的推论都得不出来，天真地想在原处取到照片呢？

　　除了以上这些明显的漏洞外，艾琳和戈弗雷诺顿匆忙成婚又匆忙离去这两个情节也是两笔糊涂账，显得莫名其妙。先说结婚。无论中外，结婚对于男女双方来说，都是一件大事，绝不会匆忙从事，草率进行。反观艾琳和戈弗雷诺顿，却截然相反，在毫无准备的情况下急急奔赴教堂，双方都既无一个家人、一个亲戚朋友，也无任何证人，以至牧师拒绝为他们证婚。情急之下，硬拉了一个偶然出现的"马车夫"作证人勉强完成人生大事（证人福尔摩斯肯定要用假名，不知道在这种情况下，此婚姻是否合法？）100多年前就出现这样的"闪婚族"，是真正的不可思议。如果考虑到戈弗雷诺顿是内殿法学协会的人（很可能是一位法律教师，否则其身份同艾琳不相称），他应该精通法律，那么让这样一位法律专家像"法盲"一样，在没有证人的情况下拉着未婚妻就要到教堂去完婚，实在是太荒唐不过的超级笑话了。

　　两人完婚以后，福尔摩斯推测戈弗雷诺顿和艾琳可能要急着离开这里，但戈弗雷诺顿和艾琳离开教堂就同婚前一样，各奔东西，自行其是，安排一如既往，五点在公园见面，七点前又分手各自回家，直到闹剧发生，并没有出门的任何迹象。第二天一清早，戈弗雷诺顿和艾琳已经远走高飞，人去楼空，艾琳留给福尔摩斯的信中说，"我们俩都觉得被这么一位出色的对手盯上了，只有三十六计走为上策"。照这么说来，戈弗雷诺顿和艾琳是在闹剧发生以后才决定远走高飞的。我们分别讨论一下这两种情况。如果是闹剧以前他们就决定离去，为什么？似乎没有什么理由。如果是闹剧以后决定离去，那么艾琳就得向戈弗雷诺顿说明情况，"坦白交代"，取得谅解和支持。这似乎并不可能（记住，他们刚刚完婚，这样做对艾琳来说风险太大了）。总之，艾琳和戈弗雷诺顿匆匆离去这个情节也非常勉强，难以理解。

综上所述，《波希米亚丑闻》这个篇幅不长且相对简单的故事中，包含太多的逻辑漏洞，作为小说，很好看；作为侦探小说却经不起推敲，很难叫人信服。

红发会

奇怪的红发会组织，威尔逊的奇怪工作任务和工作不明不白地突然结束，他的伙计只要一半工资、热爱照相、动不动就往地下室跑……立刻引起了福尔摩斯的兴趣。在经过实地调查以后，福尔摩斯对罪犯的手法和意图就了然在胸了。

红发会

故事梗概

一个晴朗的秋日周六,华生去看望福尔摩斯,正好长着一头红发的吉贝茨·威尔逊先生来访,讲述了他最近遇到的奇事。威尔逊先生是单身汉,在市区附近的萨科斯·克波哥广场开当铺,有一个新伙计叫文森特·斯波尔丁,非常聪明能干,而且只要一半工资,唯一的毛病是太爱照相,照完就冲到地下室去冲洗。

两个月前,斯波尔丁拿一张报纸给威尔逊看,上面有一则红发会招聘工作人员的广告,周薪4英镑,工作却很轻松,但规定应聘者必须有红发。在斯波尔丁的怂恿和陪同下,威尔逊前去应聘,在无数应聘者中竟然脱颖而出,幸运地被红发会干事邓肯·罗斯先生选中。

此后每天上午十点到下午两点,威尔逊就把当铺交给斯波尔丁照应,自己去红发会的办公室抄写《不列颠百科全书》。这样干了两个月,办公室突然上了锁,门上贴了一张通知,宣布红发会已经解散。 惊愕万分的威尔逊找房东了解情况,房东根本不知道什么红发会和其干事邓肯·罗斯先生,说那间办公室是租给一个叫威廉·莫里斯的律师暂住的,他自己的新房现在装修好了,所以搬走了。威尔逊又赶到威廉·莫里斯留下的地

斯波尔丁用报纸上红发会招聘工作人员的广告引诱威尔逊

办公室门上宣布红发会已经解散的通知使威尔逊惊愕万分

福尔摩斯探案评说

福尔摩斯注意到斯波尔丁裤子膝盖非常破旧、肮脏

址去找，发现那儿根本就不是什么律师事务所，而是一家工厂，工厂里既没有叫邓肯·罗斯的人，也没有叫威廉·莫里斯的人。由于不甘心平白地丢掉这么一份好工作，也不知道为什么有人跟他开这么个玩笑，威尔逊来求福尔摩斯帮忙。

　　福尔摩斯听了威尔逊的介绍，立刻明白这是所谓的斯波尔丁和罗斯两个人串通一气，为了某种阴谋而搞的调虎离山计。但是这两位是什么人？他们的阴谋究竟"剑指何方"？这是需要调查的。于是在冷静地思索一阵以后，福尔摩斯邀华生去听音乐会，途中他们绕道到萨科斯·克波哥广场，那里非常破落，荒凉，死气沉沉。福尔摩斯用手杖不停地用力敲击人行道的地面，以探知地下有没有地道，地道通向何方；又借口问路，见到了威尔逊的伙计斯波尔丁，注意到他裤子膝盖非常破旧、肮脏。然后他们又绕到广场的后面，那是一片繁华热闹的商业区，有富丽堂皇的商务大楼，装修豪华的商店和银行。福尔摩斯发现其中有一家银行和威尔逊的当铺是背靠背的！至此，斯波尔丁和罗斯的阴谋昭然若揭。

　　音乐会以后，福尔摩斯拜访了这家银行的董事长梅里韦瑟先生，得知银行几个月前向法兰西银行贷款三万法国金币，藏在地下室金库。福尔摩斯分析斯波尔丁和罗斯既然不再需要将威尔逊调离，说明他们挖的地道已经完工，而狡猾的罪犯总是抓紧时间作案，以免延误时机，当天是星期六，正是利于作案和逃跑的假日，因此他当机立断，请来警察局的老搭档彼得·琼斯，连同华生、梅里韦瑟，共四个人，当晚埋伏在银行的地下室金库里。

经过一小时又一刻钟的耐心等待，果然地面上有一块石板被翻了过来，灯光中一个年轻人敏捷地爬了上来，又拉上来一个同伙。等他们发现异常，准备逃跑时，福尔摩斯已经一跃而起，把前一个罪犯一把揪住，后一个罪犯虽然跳回地道脱身，琼斯已按照福尔摩斯的要求，预先安排3个人在威尔逊店铺门口等候，使他难逃被捕的命运。

在银行地下金库中，斯波尔丁（克莱）被福尔摩斯逮个正着

福尔摩斯此前早已清楚，所谓斯波尔丁是名叫约翰·克莱的一个惯匪，他出身高贵，受过良好教育，是一个具有超乎常人的机警和高智商的罪犯，罪行累累，以前有一两个案子中福尔摩斯曾经同他交过手，但未能抓住他，这次终于大获全胜，如愿以偿。

福尔摩斯探案评说

背景介绍

共济会

小说开头，福尔摩斯一眼看出威尔逊是共济会会员。共济会是个什么样的组织呢？

共济会（Free and Accepted Masons）是世界上最大的以互助为宗旨的秘密团体。它起源于中世纪的石匠和教堂建筑工匠的行会制度，随着英帝国的向外扩张而逐渐发展起来，至今仍盛行于英伦三岛以及原来英帝国范围的各个国家内。1717年，共济会的第一个联合组织"共济总会"（Grand Lodge）在英格兰成立。其信条强调道德、慈善以及遵守当地法律。会员必须是相信上帝的存在并坚信灵魂不灭说的成年男子。共济会成员分3个等级：学徒、师兄弟、师父。一般说来，在拉丁语国家，共济会成员多为自由思想家及反对教权的人士，而在盎格鲁-撒克逊语国家，共济会成员多为白人新教徒。由于一些共济会分会歧视犹太人、天主教徒和有色人种，因此受到指责和反对。

刺青（文身，tattoo）

福尔摩斯根据威尔逊右臂上的刺青指出威尔逊曾经到过中国，令威尔逊大为惊奇。对刺青我们稍作介绍。

刺青也叫文身，是通过刺破皮肤并在创口敷以颜料而形成的永久性花纹，在世界大多数地区均有施行。其普遍的动机大概是为了美观，但也有民族用文身标明地位、身份或某个集团的成员资格，也有民族认为文身可以防病祛灾。也有把文身当作刑罚的：古罗马的奴隶和罪犯要文身；中国古代罪犯也要文身（我们在京剧《野猪林》中看到林冲发配沧州前被黥面，叫"刺配沧州"，那也是文身的一种）；19世纪，在美国罪犯获释时要文身，英国则逃兵要文身；希特勒曾对关押在集中营的人员文身。

图4-1 新西兰毛利人的文身

最早的文身见于1991年9月在意大利锡米拉温冰川融化之后所发现的"冰人"身上，这个大约死于5300年前的人的背部刺有3组线条，左膝盖上刺有一个十字。其蓝色标记大概是用小针把炭粉抹上去造成的。另外，在大约公元前2000年的埃及木乃伊身上也发现有文身。

文身的工具和方法有各种各样：有以颜料涂敷线上，再以针牵线穿过皮肤的；有用一种微型耙子那样的工具把颜料轻轻"拍"入皮肤的；也有以铜、骨、荆棘等为工具文身的，不一而足。第一台电动文身机于1891年在美国取得专利，因此美国成了文身图案的产地，表现航海生活、军事内容、爱国思想、浪漫情调和宗教热情的主题趋于标准化。也有用文身表示信仰的，比如我们看到拳王泰森的胳膊上刺了一个毛泽东的头像（但泰森是否真的崇拜毛泽东、信仰毛泽东思想我们就不得而知了）。

几乎在身体的所有部位都可以文身，但有些人只在身体的很小一个部位刺很小一个图案，有些人则几乎在全身刺满图案。新西兰的毛利人主要在脸部文身，见图4-1；而《水浒传》中的九纹龙史进则在全身刺了九条龙，见图4-2。

至于小说中福尔摩斯分析威尔逊胳膊上的文身时说："这个鱼的图案是利用皮肤特有的细腻的粉红色来着色的，据我所知，这样的技法只有中国才有。用细腻的粉红色给大小不等的鱼着色这种绝技，只有在中国才有。"福尔摩斯这个说法有无事实依据，笔者没有查到资料。

图4-2 九纹龙史进的文身

伊顿公学和牛津大学

彼得·琼斯在谈到约翰·克莱时说："这个杀人犯、抢劫犯、盗窃犯、诈骗犯，罪行累累。逮住他无疑是我警官生涯中的最要紧的目标之一，甚于同时期的任何罪犯。他的确并非等闲之辈。他出生皇族，祖父还是王室公爵。除了优越的身世，他本人还就读过伊顿公学和牛津大学，可以说受过最良好的教育。"伊顿公学和牛津大学是什么样的学校，为什么说上过这两所学校就可以说受过最良好的教育呢？

伊顿公学（Eton College）是英格兰最大、最有名望的私立学校之一，因设立在伯克郡的伊顿而得名。最早是1440年为从英国国王所建立的基金中获得奖学金的70名学生而创办的。这个传统一直保留到现在，每年选拔70名在学科竞赛中获得优胜的12~14岁少年领取皇家奖学金进入该校学习

（近年来领取皇家奖学金的学生也要缴纳学费）。这部分学生在学校有特别住所。除此以外还招收其他一些学生，住在有专人管理的供应膳食的处所，称为"校外寄宿生"。伊顿公学的学生一般来自英格兰最富有、最知名的家庭，其中许多是贵族。学生在该校学习到可以升入大学为止。由于伊顿公学的创办人同时也是剑桥大学国王学院的创办人，所以伊顿公学的毕业生可以到剑桥大学国王学院深造，国王学院每年为伊顿公学的毕业生保留24个奖学金名额。

伊顿公学培养了许许多多的人才。著名的诗人雪莱（P. B. Shelley，1792—1822。他的《自由颂》、《致云雀》和《解放了的普罗米修斯》退迩闻名）和托马斯•格雷（Thomas Gray，1716—1771。其代表作为《墓园挽歌》），经济学家凯恩斯（J. M. Keynes，1883—1946），因在滑铁卢大败拿破仑而声名卓著的威灵顿将军（A. W. Wellington，1769—1852），出色的政治讽刺小说作家埃里克•布莱尔（E. Blair，1903—1950。其笔名为George Orwell，代表作有《动物庄园》、《1984》等），以及包括现首相卡梅伦在内的20位英国历任首都出自伊顿公学，使它享有"世界领导者的摇篮"的美誉。

牛津大学（University of Oxford）建立于12世纪末，是英国最古老、最负盛名的大学之一，位于伦敦北-西北80公里处，沿上泰晤士河（牛津人称之为伊希斯河）分布。牛津早期声誉的基础是神学和人文学科，但它比欧洲其他大学更早重视自然科学。13世纪初皇家给牛津大学颁发了办学许可证，使其地位得以加强。1571年，英国议会通过一项法令，使大学形成一体化。17世纪后半期开始，牛津大学进一步加强了对科学研究的重视和支持，在许多领域其研究处于世界领先水平。发现著名的哈雷彗星的天文学家哈雷（E. Halley，1656—1742），发展了基本微粒概念、提出著名的玻意耳定律（恒温下气体体积与压力成反比）的物理学家玻意耳（R. Boyle，1627—1691）等等都曾在牛津大学学习或工作。历史上许许多多英国首相出自牛津大学，例如大家熟知的艾德礼（C. R. Attlee，1883—1967，1945—1951在位）、艾登（A. Eden，1897—1977，1955—1957年在位）、麦克米伦（H. Macmillan，1894—1986，1957—1963在位）、希思（E. R. G. heath，1916—2005，1970—1974在位）、玛格丽特·撒切尔（M. Thatcher，1925—，1979—1990在位），等等。

《不列颠百科全书》

红发会招聘工作人员只是一个幌子，用以把威尔逊从当铺支开，其实没有什么事，所以就让威尔逊抄写《不列颠百科全书》。《不列颠百科全书》是一部什么样的书呢？

《不列颠百科全书》（Encyclopaedia Britannica）是历史最悠久、最负盛名的综合性百科全书之一。它的第一版出版于1768年，这以后约250年间，它随着世界政治版图的变化、社会与经济的发展、科学技术的进步，不断修改、充实、再版，可谓与时俱进，因此广受欢迎。它的第一版只有3卷，到目前的第15版已增至32卷，作者达4000余人，来自世界上100多个国家，使这套百科全书具有广泛的国际性和权威性。

《不列颠百科全书》又叫《大英百科全书》，因此许多人以为它出版于英国。是的，它的第一版出版于苏格兰的爱丁堡，直至第八版都是由英国学者编写的。但从第九版（1875年）开始，就有欧洲其他国家和美国的学者参与编写，因此提高了该书的地位。1901年，美国的2个出版商从英国人手中购得《不列颠百科全书》的全部版权以后，它的所有权就永久性地转移到了美国，但书名保持不变，编辑和出版地点也仍在英国。1941年，《不列颠百科全书》当时的所有人又把该书的全部权益赠送给了芝加哥大学，这次，由芝加哥大学副校长本顿自己投入资金成立不列颠百科全书公司，并自任董事长，把总部迁至芝加哥；该校校长哈钦斯为主要股东，出任编委会主席。至此，《不列颠百科全书》从权益到具体编辑、出版事宜都已转移至美国，英国除了仍有人参与编写外，已同该书没有什么关系了。

《不列颠百科全书》在20世纪90年代初已有电子版问世，1994年建立网站，网址为http://www.eb.com。

除了英文版外，《不列颠百科全书》还有法文、希腊文、西班牙文、葡萄牙文、匈牙利文、波兰文、土耳其文、日文、韩文等多种文字版本。1979年1月中美建交以后，开始商谈《不列颠百科全书》中文版的编译、出版事宜。在双方的努力下，1986年9月《不列颠百科全书》中文《简编》版10卷出版；1999年《不列颠百科全书》国际中文版出版；2007年国际中文版又推出了修订版。修订版共20卷，收条目84300多条，图片15300多幅，地图250多幅，总字数达4400万，成为中国各个领域学者和一般读者从事学习和研究中最得力的工具和最好的良师益友。

对小说的评论

这篇小说的开头,展示了福尔摩斯神奇的演绎推理能力:说出来访的威尔逊"原来是个干体力活的工人,而且有吸鼻烟的习惯。他是个共济会会员,到过中国,最近写过不少东西",使威尔逊惊奇不已。这是柯南道尔在其福尔摩斯系列探案小说中采用的一贯的手法。

接着威尔逊道出来访的缘由。奇怪的红发会组织,威尔逊的奇怪工作任务和任务不明不白地突然结束,他的伙计只要一半工资、热爱照相、动不动就往地下室跑……立刻引起了福尔摩斯的兴趣和思考。在经过实地调查以后,福尔摩斯对罪犯的手法和意图就了然于胸了。接下来的问题很简单,同警方合作,在罪犯所觊觎的银行地下室金库里守株待兔,等着他们自投罗网就行了。破案以后,福尔摩斯作总结,说明他的推理过程,这也是柯南道尔在其福尔摩斯系列探案小说中采用的一贯的手法。

情节漏洞

迪克·瑞利和帕姆·麦克阿里斯特指出了这部小说中有关时间上的漏洞:华生说他去拜访福尔摩斯是一个晴朗的秋

日；两个月前，斯波尔丁拿一张报纸给威尔逊看，报纸是4月27日的，这就对不上——那天不应该是一个六、七月的夏日吗？而红发会贴在门上宣布已经解散的通知又标的是10月9日，真正一笔糊涂账。这个我们暂且不论。

《红发会》这个短篇，整个故事从开头威尔逊来访，福尔摩斯调查研究，到设伏抓住罪犯，就发生在短短一天时间内。但由于情节非常离奇，罪犯的手法可谓别出心裁，因此这个故事很受读者欢迎。柯南道尔也把这个故事列为自己最喜爱的十个故事之一。但我们仔细推敲一下，就可以发现这个故事的情节有许多是不合情理的，漏洞很多。

案件的核心是大盗克莱为了盗取银行金库中的金币，选择离银行最近的威尔逊的当铺的地下室挖地道，为此克莱先用假名斯波尔丁、以只要半薪为条件打入威尔逊的当铺，然后利用威尔逊和他的同伙罗斯都有一头红发这个特点，编造出红发会这样一个子虚乌有的组织，以招聘为名，每天支走威尔逊4个小时，以便他们开挖地道。福尔摩斯事后评论说，"这样做可谓用心良苦，也的确有效"，"是克莱的聪明之处"。是的，任何罪犯在实施其罪行之前，都会尽可能地作一个周密的计划，以便人不知鬼不觉。但克莱的这个计划是否如此呢？我们来分析一下。

首先，开挖地道是一个庞大、长期的工程，克莱他们用了2个月。在这2个月里，威尔逊除了每天有4个小时去"红发会"上班外，其余时间仍在当铺内，克莱怎么能保证威尔逊一次都不进地下室去？只要有人进地下室，克莱他们在那儿施工开挖地道的行径就会立刻暴露无遗。谁都知道，管理得再好的工地也不可能不留下一点施工的痕迹，何况是在地下室这样一种环境下。

其次，开挖地道挖出来的土方怎么处理？总不可能就堆放在地下室吧。这是一个"绝密"工程，克莱也不可能雇用其他人去把土方运走，而凭克莱自己和他那个同伙连挖带运，能把一切搞定吗？这显然是不可能的事。

最后，我们看到，克莱之所以"功败垂成"、"功亏一篑"，完全是因为他们在挖好地道以后、抢劫银行以前，宣布红发会已经解散，并且把用假名、假身份租的红发会办公室也退了，造成威尔逊愤愤不平并起疑，以至找到福尔摩斯，被福尔摩斯略施小计，逮个正着。如果克莱在挖好地道以后不动声色，若无其事，耐心等待一天，那3万枚金币就可以人不知鬼不觉，稳稳地到手了（因为我们看到，在福尔摩斯介入这个案件以前，无论是警方还是银行方面，对于克莱的阴谋都毫无警觉）。我们实在想不明白，克莱为什么要如此急不可耐地宣布红发会已经解散，以致引起怀疑，暴露了自己？红发会不就是克莱他们的一块招牌，利用来支开威尔逊，以便他们挖地道的吗？匪徒们怎么可能那么"循规蹈矩"，要让红发会"有始有终"？怎么可能那么"以人为本"，要让威尔逊"明白地来，明白地去"？要让他们租用的办公室的房东不吃亏？这对于像克莱那样的惯匪来讲，真是不可思议之举。

由此可见，克莱的这个计划看似聪明，其实是空中楼阁，完全是不现实的。而造成他"功亏一篑"的原因也是很荒唐的。

再从福尔摩斯这方面看，他侦破这个案件的过程也有些勉强。小说描写福尔摩斯到广场后，"用手杖不停地用力敲击人行道的地面",后来他向华生解释说,他这是"为了探知地下有没有地道,地道通向何方"。但小说后面描写,银行和威尔逊的当铺是背靠背的。且不说用手杖敲击地面能否感知底下有无地道,如果银行和威尔逊的当铺是背靠背的话,那么克莱的地道是根本不会穿过广场的。后来福尔摩斯又借口问路,见到了威尔逊的伙计,发现他的"裤子膝盖非常破旧、肮脏",由此福尔摩斯断定他们挖了地道。这个细节也不太真实,因为挖地道这样的重活、脏活,怎么会只造成衣服膝盖部位破旧、肮脏呢?20世纪70年代,中国响应伟大领袖的号召,在"深挖洞,广积粮,不称霸"运动中参加过修建人防工事劳动的人都知道那样的劳动意味着什么,下工以后不把劳动服换下来是不可能的。对克莱来说,他们挖地道是个绝密行动,出来以前更是一定要换身衣服了。因此,小说描写克莱穿着挖地道时穿的衣服出来见人,因而被福尔摩斯看出破绽,显然也是不真实的。

综上所述,小说描写克莱"是一个具有超乎常人的机警和高智商的罪犯",但从其策划、实施犯罪的过程来看,则很不高明,到处留有漏洞。难怪福尔摩斯会轻易地就侦破,把他抓获了。

身份案

故事仍以展示福尔摩斯的推理能力开始。根据玛丽的穿着竟然是两只不完全一样的靴子，靴子上的扣子也没有完全扣好，福尔摩斯问玛丽为什么那么匆忙地离家。根据玛丽鼻梁两边都有眼镜留下的凹痕，她的袖子上有长毛绒，手腕往上处有打字员压着桌子留下的两条纹路，福尔摩斯问玛丽为什么视力不好还要打那么多的字。这使玛丽惊奇不止。

身份案

故事梗概

玛丽·萨瑟兰是一个年轻美貌，心地善良和蔼，个性温柔多情的女子，生父早亡，同妈妈和继父一起生活。继父叫詹姆斯·温迪班克，是一个旅行推销员，只比玛丽大5岁，却比玛丽的母亲小15岁，是为了贪图金钱而结合的。玛丽不但靠打字可以自食其力，还有从伯父那里继承来的每年100英镑的收入（当时一个独生女士只要60英镑就可以生活得很好）。由于在一起生活，这笔钱成了家庭的共有财产，温迪班克可以尽情享用。一旦玛丽结婚，温迪班克就要失去每年100英镑的收入。为此，温迪班克千方百计阻止玛丽参加社交活动，以免她交上朋友，并最终结婚离开他们。

乔装打扮后的温迪班克先生在舞会上同继女玛丽交"朋友"

但最终温迪班克认识到，这样一个年轻美貌的女子是不可能长期被关在家里的。于是，在玛丽母亲的默许和协助之下，温迪班克设计和实施了一个极其卑鄙无耻的计划。他利用玛丽视力不好这一条件，乔装打扮成一个风度翩翩、温文尔雅、十分腼腆的青年，戴着墨镜，装上假须，佯称因为小时候犯过扁桃体炎导致说话含混不清，柔声细语，以一个公司出纳员的身份出现，名叫霍斯默·安吉尔，果然骗过了玛丽，在一个舞会上同她交上了"朋友"，并且主动向其"求爱"，以免她先爱上其他男人。

不识世事的玛丽因为受到"安吉尔先生"的殷勤奉承高兴万分，更为这个男人得到她母亲的赞扬而兴奋。几次

福尔摩斯探案评说

在前往教堂结婚的路上，温迪班克先生巧妙地金蝉脱壳

会面以后，他们订了婚。"安吉尔先生"非常郑重地让玛丽把手放在《圣经》上起誓，不管发生什么情况都要永远忠诚于他，永不变心。

结婚的日子终于来临。当天，"安吉尔先生"来接玛丽，玛丽和她母亲坐一辆马车，"安吉尔先生"坐另一辆马车前往教堂。临出发前，"安吉尔先生"又一次郑重其事地跟玛丽说，不管发生什么情况都要永远忠诚于他，即使发生意外而使他们分开，也要永远记住自己许下的诺言。在做足功课，打了那么多预防针以后，"安吉尔先生"在车到教堂前就消失得无影无踪，不知去向了。他们以为这么一来，玛丽就会痴心地等待"安吉尔先生"，至少在10年内不会再交朋友，每年100英镑的收入就不会流失了。

玛丽为这一变故几乎发疯，夜不能眠，痛苦万分。她在《纪事报》上刊登了一则寻找"安吉尔先生"的广告。玛丽的母亲装出很生气的样子，叫玛丽永远也不要再提这件事。温迪班克先生则安慰玛丽，说"安吉尔先生"大概是发生了什么意外，以后还会得到他的消息的。玛丽让温迪班克去报警，但后者露出漠不关心的样子，只是不断地说"没事，没事"。这使玛丽很生气，就找福尔摩斯来了。

在听了玛丽讲述的奇特经历以后，福尔摩斯问了几个问题，得知"安吉尔先生"从来就没有告诉过玛丽自己在哪个公司上班，住在何处；玛丽也不知道自己的"未婚

80

夫"的通讯地址，信件是寄到邮局，留待本人领取的；"安吉尔先生"同她见面都发生在她继父出差不在家的时候，一旦继父回家，"安吉尔先生"就不露面了。凡此种种使福尔摩斯对这个案件大体上心中有数。

于是福尔摩斯留下了刊登有寻人广告的《纪事报》和"安吉尔先生"给玛丽的几封信，问清温迪班克先生服务的公司以后，让玛丽回家。"安吉尔先生"的这些信全是用打字机打的，连署名也是用打字机打的。

接下来，福尔摩斯通过温迪班克先生服务的公司证实，《纪事报》寻人广告中对"安吉尔先生"体型特征的描写，同温迪班克完全相符。于是福尔摩斯写信问温迪班克能否来贝克街一谈。不出所料，温迪班克的回信也是用打字机打的，福尔摩斯发现，这封信中字母"e"总是模糊不清，字母"r"的尾巴又总是有点缺损，此外还有其他14个明显的特征，都同"安吉尔先生"给玛丽信中的特征完全一致。至此，福尔摩斯绝对肯定所谓的"安吉尔先生"就是玛丽的继父温迪班克。

温迪班克如约而来。由于自信无人能找到"安吉尔先生"，他得意洋洋，满不在乎。不料福尔摩斯平静地说，"我相信我会找到霍斯默·安吉尔先生的，对于这一点，我毫不怀疑"，这使他大吃一惊，手套都掉落地上。当福尔摩斯说出打字机所暴露的秘密时，他知道自己的阴谋已经被揭穿，立刻企图溜走，说"我不能浪费时间听这类无稽之谈。假如你能抓到那个人，那就抓住他好了，抓到他时，请别忘了告诉我一声"。

福尔摩斯抢先一步，把门锁上，宣布"我现在已经抓到他了"。吓得温迪班克嘴唇发白，眨巴着眼睛看着福尔摩斯，神态就像掉进了捕鼠笼里的老鼠。但是他强作镇静，结结巴巴地说，"这……这还不足以对我提出诉讼。"

福尔摩斯严厉地说，"没错，恐怕是还不到这程度。但是，这是我从未见过的最自私、最残酷、最丧心病狂的鬼把戏了"。

在福尔摩斯把他如何策划这个阴谋及其险恶用心一五一十揭露出来以后，温迪班克哼哼唧唧地说，"我们当初只不过是想跟她开个玩笑，根本没有想到她会那么痴情。"

在福尔摩斯说完整个过程以后，温迪班克恢复了一点自信，从椅子上站了起来，苍白的脸上露出讥诮的神态，以攻为守地说："也许是真的，也许是假的，福尔摩斯先生，你真是聪明过人啊。但是你应该更加聪明一点才好，现在是你触犯了法律，而不是我。我始终没有干下什么足以构成起诉的事情，但是你把门锁上，光是这件事我就足够以'攻击人身和非法拘留'的罪名将你告上法庭。"

福尔摩斯怒不可遏，打开锁，推开门，一边说，"法律奈何不了你，可是再也没有谁应该比你受到的惩罚更大了。我要狠狠地抽……"一边快步走向屋角去拿猎鞭。话音未落，温迪班克已经如丧家之犬，急急奔出房间，头也不回地狼狈逃离而去了。

在揭露了温迪班克的全部阴谋后，福尔摩斯愤怒地拿起鞭子；温迪班克狼狈逃窜

身 份 案

背景介绍

打字机的发明和应用

在这个案件中,温迪班克以为自己的设计天衣无缝,其实漏洞很多,凭福尔摩斯的洞察力和推理能力是不难发现的。但最终暴露温迪班克的是他用打字机给玛丽的信和给福尔摩斯的信。柯南道尔写这个故事的时间是在1891年7月到1892年6月之间,当时打字机发明不久,刚刚开始普及,柯南道尔就把这个新生事物写进他的探案小说中去,说明柯南道尔对新事物是很敏感的。那么打字机是谁发明的?是怎样发明的呢?

打字机的主要发明者是美国人肖尔斯(C. L. Sholes,1819—1890)。肖尔斯当过报纸编辑、税务官,也曾经进入政界,在威斯康星州议会工作。最初,肖尔斯只是研究一种能自动编书籍页码的机器,后来在同事格利登(C. Glidden)的建议和启发下研制打字机,

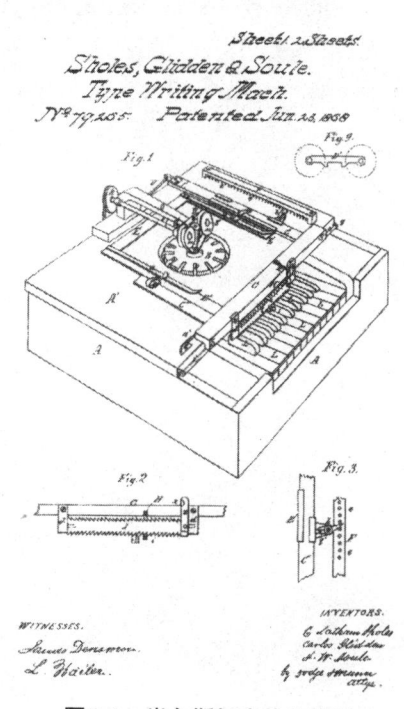

图5-1 肖尔斯打字机结构图

在苏莱（S. W. Soule）的帮助下获得成功，1868年6月23日，以他们3人的名义申请的专利获得批准。图5-1就是现在仍保存在美国专利局的肖尔斯打字机的图纸。

最初的肖尔斯打字机当然并不完善，而且只能打大写字母。后来肖尔斯以及其他许多人对它都做了许多改进。真正实用的打字机是1873年雷明顿公司以1.2万美元从肖尔斯手中购得专利权以后生产出来的。1876年，肖尔斯打字机参加当年的世界博览会，但由于贝尔的电话机也刚刚问世，轰动博览会，抢了风头，肖尔斯打字机未能引起注意。这以后，雷明顿公司采取各种手段宣传和推广，并不断改进，形成方便好用的现代打字机，见图5-2，打字机才逐渐普及，成为办公室的不可或缺的工具，风行100多年，直到计算机字处理软件和激光打印机面世，才退出历史舞台。有人称打字机是"人类历史上继造纸术和印刷术之后的第三项文化工具的伟大发明"，这是不为过的。

图5-2 现代打字机

值得指出的是，一般打字机只适用于西方国家，对于采用象形文字的中国，完全用不上。1947年，林语堂先生曾经发明中文打字机，取名"明快打字机"，通过"上下形检字法"形成汉字，见图5-3。可惜由于当时中国处于战乱状态，这项发明未能推广。

图5-3 林语堂先生发明的中文"明快打字机"

身 份 案

对小说的评论

在福尔摩斯的探案小说中，有好几篇是以阴谋侵犯财产为主题的，这个主题最能暴露人性的自私、卑鄙和邪恶，尤其是发生在家庭成员之间的这类阴谋，更是令人发指。《身份案》描写的就是这样一个案件。

故事仍以展示福尔摩斯的推理能力开始。根据玛丽的穿着竟然是两只不完全一样的靴子，靴子上的扣子也没有完全扣好，福尔摩斯问玛丽为什么那么匆忙地离家。根据玛丽鼻梁两边都有眼镜留下的凹痕，她的袖子上有长毛绒，手腕往上处有打字员压着桌子留下的两条纹路，福尔摩斯问玛丽为什么视力不好还要打那么多的字。这使玛丽惊奇不止。

在玛丽介绍了她的家庭情况，她的奇异遭遇以后，福尔摩斯对案情大体上已经心中有数。正如福尔摩斯事后向华生解释的那样，"霍斯默·安吉尔先生的奇怪行为必定是有所企图的，这是首先应该想到的，这一点很明确。同样我们能够清楚地看到，只有这个继父是唯一能够从这件事中真正得到好处的人。然后看这个事实：继父和那个安吉尔先生从来没有同时出现过，而总是当一个人不在时另一个人才出现。这是很有启发性的。另外，墨镜和奇异的说话声，连同毛蓬蓬的络腮胡子都暗示着伪装。这些同样也是带有启发性的。还有，他用打字来签名，从这可以推想她是如此熟悉他的笔迹以至于哪怕看到一点最小的笔迹她也认得出是他写的字。这个奇怪的做法更加深了我的怀疑。"至于证实怀疑，对于福尔摩斯来说，当然就不是什么难事了。

小说对温迪班克的帮凶——玛丽的亲生母亲没有作更多的描述，而是着力描写主犯温迪班克的丑恶嘴脸以及女主人公玛丽的善良、热情，以作对比（有些译本因此把这个故事叫作《热情女》）。与此同时，小说也描写了玛丽的盲目和轻信。对于安吉尔先生的反常的行为举止，玛丽不但没有丝毫怀疑，而且总是从好的方面去想，认为"这就是他对我喜欢的证明，哪怕是一些小事情他也会想得很周到。"在安吉尔离奇失踪以后，玛丽仍然表示"我必须忠实于霍斯默，只要他一回来，我就马上和他结婚"。以至在案件告破以后，当华生问福尔摩斯"玛丽该怎么办？"时，福尔摩斯回答说："假如我把事情告诉她，她一定不会相信。你也许还记得有句波斯谚语：'打消女人心中的痴心妄想，险似从虎爪下抢夺乳虎'"。这方面的描写为恋爱中的女子敲响了警钟。

情节漏洞

这个案件在福尔摩斯探案中属于比较简单的一个，对于福尔摩斯来说可谓"小菜一碟"。温迪班克的种种小伎俩很难瞒过福尔摩斯锐利的眼睛。但是，如何证实"安吉尔先生"就是温迪班克？福尔摩斯是通过让温迪班克先生服务的公司根据《纪事报》寻人广告中对"安吉尔先生"体型特征的描写同温迪班克完全相符而实现的。这可并不高明，因为体型特征相符只是同一个人的必要条件，而非充分条件。尤其是，如果温迪班克先生服务的公司规模很大的话，体型特征相同的员工可能就很多。所以这是不足为凭的。当然，打字机弥补了这一缺陷。其实，证实"安吉尔先生"就是温迪班克，还有一个方法可以采用，那就是找温迪班克先生服务的公司了解，"安吉尔先生"几次露面期间，温迪班克先生是否出差，因为"安吉尔先生"同玛丽见面都发生在她继父出差不在家的时候，一旦继父回家，"安吉尔先生"就不露面了。这说明温迪班克"出差"是造假的，到公司一打听不就露馅了吗？不知道福尔摩斯为什么没有想到这一招。

当然，这个案件最难以令人相信之处，是温迪班克竟然能够通过化装瞒过继女同她谈情说爱。虽然小说描写玛丽视力不好，但她既然能够通过打字谋生，说明她的视力还没有到"两眼一抹黑"的地步，怎么会连自己的继父都认不出来呢？福尔摩斯的化装术非常高明，曾经几次骗过华生，但那都是骗过一时而已，时间一长，相信华生肯定可以识破。同样，温迪班克即使化装术非常高明，骗过玛丽一次、两次是可能的，但要长期欺骗下去，尤其是要同玛丽谈情说爱，谈婚论嫁，势必非常亲近，免不了卿卿我我，有些亲密接触。在这种情况下，温迪班克虽然是虚情假意，但要演得像，难免不心猿意马，忘乎所以，假戏真做，从而露出一点马脚。而恋爱中的女人是最敏感的，对自己恋人最细微的心理变化都能明察秋毫。玛丽虽然视力不好，但作为"痴情女子"，女性的这个本能总不会丧失殆尽吧。因此，要真像小说中写的那样，玛丽对温迪班克的骗局自始至终都毫无察觉，那么温迪班克不但是"化装大师"，还真称得上是世界第一的"天才演员"兼"感情骗子"；而玛丽则是彻头彻尾、不可救药的"大傻冒"了。

博斯科姆比溪谷秘案

小说末尾,在特纳坦白交待完毕,从房间里走出去以后,福尔摩斯沉默了很久,然后说:"上帝保佑我们!为什么命运老是喜欢对可怜无助的芸芸众生那么恶作剧呢?"福尔摩斯对特纳的同情、怜悯溢于言表。而对于麦卡锡,福尔摩斯声称"我了解他的一切",显然同意特纳的看法,把他当作魔鬼,因此毫不怜悯他的死亡,并故意对凶手网开一面。

博斯科姆比溪谷秘案

故事梗概

福尔摩斯应苏格兰场警长雷斯垂德之请,前往英国西部参与博斯科姆比溪谷惨案的调查。临行前他给华生发电报,希望与他同行,华生欣然同意。在火车上,福尔摩斯向华生简单介绍了案情。

博斯科姆比溪谷地区最大的农场主约翰·特纳先生把他所拥有的农场之一哈瑟利农场分文不取地租给了查尔斯·麦卡锡先生。他们两人都曾经在澳大利亚待过,彼此熟悉。特纳在澳大利亚发了财,比较富有,所以麦卡锡成了他的佃户。麦卡锡有一个18岁的儿子,而特纳有一个同龄的女儿。

在火车上,福尔摩斯向华生介绍案情

上星期一下午,麦卡锡告诉他的仆人,他在3点钟有个重要的约会。但他离开位于哈瑟利农场的家以后,就再也没有回来,而是倒毙在了离家约四分之一英里处的博斯科姆比池塘边,头部凹了进去,像是被某种又重又钝的硬器猛击所致。据目击者,特纳雇用的猎场看守人克劳德说,他看见麦卡锡走过以后,麦卡锡的儿子也在同一条路上走过,腋下夹着一杆枪。他确信,儿子是尾随着父亲的。另一位目击者,博斯科姆比溪谷庄园看门人的女儿,14岁的莫兰说,她当时正在采摘鲜花,看见麦卡锡和他的儿子站着激烈争吵,麦卡锡大骂儿子,而儿子则举起他的手,

福尔摩斯探案评说

好像要打他的父亲。她吓得跑回了家，告诉母亲说，恐怕麦卡锡父子要打起来。话音刚落，麦卡锡的儿子就跑进来向看门人求助，情绪激动地说，他发现父亲死在了树林里。他的枪和帽子都没有带，而他的右手和衣袖上则沾满了血迹。据此，小麦卡锡被逮捕，以"蓄意谋杀罪"被控告上法庭。

华生又看了当地报纸刊登的小麦卡锡在法庭上的证词。小麦卡锡说，他出事当天刚从外地回家，到家后不久听见马车进院，他父亲下车后直接出门走了，他并不知道父亲要到哪里去。他打算到池塘那边的养兔场去看看，就顺手拿了一杆枪朝博斯科姆比池塘方向走去。在路上他看见他父亲在他前面。克劳德说他在跟踪他父亲，是根本没有的事。当他走到距池塘100码处时，他听见父亲在喊"喂唉"，这是平时他和父亲之间互相呼喊时常用的信号，于是他急步向他走去。①他父亲见到他很惊奇，父子两人交谈了一会，开始争吵，几乎打起来。他父亲原本脾气就很暴躁，这会火气更是愈来愈大，

凶杀案现场

小麦卡锡听见父亲可怕的喊声后，回来抱起倒在血泊中的父亲

---

① 原文此处为"Cooee"，《福尔摩斯探案集》（以及其他许多福尔摩斯探案译本）都音译为"库伊"。这种译法当然未偿不可，但对读者理解可能带来一些困惑：为什么麦卡锡喊"库伊"，小麦卡锡以为是喊他，而福尔摩斯指出其实麦卡锡是在喊特纳？因为"Cooee"实际上是澳大利亚人互相招呼时的用语，相当于中国人互相招呼时用的"喂"，因此我们这里意译为"喂唉"。

难以控制，就转身离开了他，准备回哈瑟利农场。不料刚走出不过150码，就听见背后传来一声可怕的喊声，于是他赶快跑回去，发现父亲已经躺在地上，头部受了重伤，奄奄一息。他把枪扔在一边，把他抱起来，他含混地说了几句话，好像提到什么"腊特"，就断了气。然后他就跑到最近的看门人那里去求助。

验尸官问他，你们父子为什么争吵，小麦卡锡坚决拒绝回答。问他，你父亲既然不知道你已经回家，他走在前面也不知道你就在后面，那么他喊"喂唉"叫你是怎么回事？对这个问题，小麦卡锡显得很慌乱，说"不知道"。验尸官又问他，你在现场有没有看见什么引起怀疑的东西？小麦卡锡说他有个模糊的印象，左边地上离尸体大约十几码处有一件东西，好像是灰色的大衣，或者是方格的呢子披风，但当他从父亲身边站起来的时候，它已经无影无踪了。因为他是背对着它的，所以如果有人把它拿走，他是看不见的。

福尔摩斯和华生刚刚在旅馆安顿好，美丽的特纳小姐就驱车来访，为小麦卡锡担保

福尔摩斯探案评说

福尔摩斯和华生到达临近博斯科姆比溪谷的罗斯小镇，雷斯垂德警长已经为他们安排好旅馆。刚刚安顿好，美丽的特纳小姐就驱车来访，她告诉福尔摩斯，她和亲爱的詹姆斯（这是小麦卡锡的名字）是青梅竹马，从小一起长大的伙伴，深知他是个心慈手软、连苍蝇都不肯伤害的人，对他的控告太荒谬了。至于他拒绝回答他和他父亲为什么争吵，那是因为牵涉到自己。福尔摩斯很感兴趣地问，怎么牵涉到你的呢？特纳小姐到此不能再隐瞒了，于是告诉福尔摩斯，麦卡锡迫切希望他们两人结婚，而她父亲反对这门亲事。詹姆斯则不想现在马上结婚，导致父子之间产生了很大的分歧。特纳小姐还告诉福尔摩斯，她父亲近年来身体一直不太好，最近发生的这件事更使他的身体完全垮了，不得不卧病在床。

晚上，福尔摩斯在雷斯垂德的陪同下，去监狱看望了小麦卡锡。小麦卡锡向福尔摩斯敞开心扉，告诉他自己曾经干过一件傻事：在特纳小姐在一所寄宿学校读书期间，他被城里一个酒吧女郎缠住，糊里糊涂登记结了婚。这件事谁也不知道，包括他父亲和特纳小姐。在这个问题没有妥善解决以前，他怎么能欺骗心爱的特纳小姐，同她结婚呢？这就是他同父亲争吵的原因。但"坏事变成好事"，那个酒吧女郎得知他同谋杀案有关，可能会被处以极刑以后，写信告诉他，她原是有夫之

女仆应福尔摩斯的要求，拿出主人死时穿的靴子给他们查看

妇，所以他们之间并无真正的夫妻关系。这对小麦卡锡来说无疑是解除了一个包袱，也算是一种安慰了。

第二天，福尔摩斯、华生和雷斯垂德三人一起首先来到哈瑟利农场，女仆应福尔摩斯的要求，让他们仔细看了看主人死时穿的靴子以及他儿子穿的靴子（虽然不是事发时穿的那双）。然后他们从院子出发，沿着弯弯曲曲的小路走到了博斯科姆比池塘。在那里，福尔摩斯像一头猎犬，聚精会神地仔细查看了池塘周围、尤其是麦卡锡倒毙处周围潮湿地面上的各种各样脚印。虽然没有封锁现场，被害人和罪犯的脚印已同围观的人群和警察的脚印重叠在一起，但是福尔摩斯还是能加以区别，甚至看出雷斯垂德曾经跑到池塘里去过（雷斯垂德承认那是他以为池塘里可能有罪犯丢弃的凶器）。最后，他终于在附近树林里找到一块形状和死者的伤痕正好相符的石头，断定这就是罪犯所用的凶器。而根据脚印和现场留下的其他细微物件，福尔摩斯描绘出了凶手的特征：一个高个子男人，左撇子，右腿有一点瘸，穿一双很高的狩猎靴子和一件灰色大衣，用烟嘴抽印度雪茄，口袋里带着一把削鹅毛笔的很钝的小刀。

福尔摩斯在现场一丝不苟地检查

回到旅馆以后，福尔摩斯默不作声，陷于沉思，脸上露出痛苦的表情。他告诉华生，他已经知道罪犯是谁，但不知道应该怎么处理，请华生提出意见。他首先分析了案情，最早引起他注意的有两点，一是麦卡锡在见到儿子以前就喊"喂唉",二是他临死前说的"腊特"。关于第一点,"喂唉",这是澳大利亚人互相招呼时特有的语汇,麦卡锡把这个习惯延续下来,用来呼喊儿子。但在博斯科姆比池塘边,麦卡锡并不知道他儿子已经回家,更不知道他儿子就在身后,所以喊"喂唉"肯定不是招呼儿子的,而是呼喊同他约会的人的,而且这个人也曾经在澳大利亚呆过,知道这种喊法。关于第二点,他从澳大利亚地图上查到,在维多利亚地区,有一个城市叫巴拉腊特,麦卡锡临死前其实是要告诉儿子是巴拉腊特的某个人杀死了他,但小麦卡锡只听清了后两个音节。

至于罪犯的特征,福尔摩斯不难根据现场遗留下来的一些线索推理获得。从走路步子的大小约略判明罪犯的身高,靴子也是从脚印判别的,而从右脚印总不像左脚印清晰,可以判断他走路一瘸一拐,是个瘸子,从罪犯遗留下来的烟灰和烟头,可以知道他抽的是印度雪茄,并且用烟嘴抽烟,雪茄末端是用刀切开的,但切口很不整齐,可见是用一把很钝的小刀切的。至于左撇子则是根据他从背后袭击麦卡锡,而麦卡锡的伤口在左侧可以断定。福尔摩斯的分析使华生恍然大悟。

正在这时,旅馆侍者报告特纳先生来访。进来的人的体型同福尔摩斯描绘的罪犯的特征一模一样,但显得老态龙钟,患有不治之症。福尔摩斯告诉他,为了使小麦卡锡无罪开释,他必须讲明真相。但除非必不得已,他不会公开他的自白书。于

特纳先生来到旅馆拜访福尔摩斯

是特纳先生坦白了一切。原来,他19世纪60年代在澳大利亚的巴拉腊特,和其他5个年轻人结成匪帮,杀人越货,无恶不作,人称"巴拉腊特帮",他的浑名则是"巴拉腊特的黑杰克"。一次,他们袭击了一个从巴拉腊特前往墨尔本的黄金运输队,杀死了几个警卫以后抢走了一大批黄金,发了大财回到英国,成家立业,决心弃恶从善。尤其是小艾丽丝(这是特纳小姐的名字)出生以后,更是像圣洁的小天使那样,指引着他悔过自新,尽其所能弥补过去的罪行,走

在获得福尔摩斯的保证后,特纳先生交代了他作案的原因和过程

上正道。不想半路杀出个"程咬金",就是那个运输队的马车夫叫麦卡锡的,当时特纳用枪顶着他的脑袋,让他把黄金拉到他们的巢穴以后放走了他,因此麦卡锡记住了特纳。一次特纳在城里办事,正好被麦卡锡遇见并且认出,当时麦卡锡仍然是穷光蛋一个,于是抓住不放,对他敲诈勒索。特纳由于害怕自己在澳大利亚的恶行暴露对艾丽丝的心灵造成严重打击,不得不忍气吞声,强压怒火,无所不从。但是麦卡锡提出要让艾丽丝同他的儿子结婚,这是特纳万万不能接受的,因为这不但意味着他的万贯家财将落入麦卡锡手中,而且意味着那该死的血统和自己家族的血统混到一块儿去。于是他们约定那天在池塘边谈判。当他走到那里时,发现他们父子正在争吵,就藏身在树后。想到自己和心爱的女儿将受这样一个恶魔主宰,他简直气得发疯,不由自主地下了把他干掉的决心并采取了果断的

行动。自己行将就木，已经无怨无悔。

老人在自白书上签字以后就摇摇晃晃地离开了。

由于福尔摩斯提出了若干有力的申诉意见，小麦卡锡最后被无罪释放。特纳在度过了他生命中的最后7个月以后平静地死去。那对青梅竹马则有情人终成眷属，他们永远也不知道他们的父辈曾经有过怎样的生活经历，有过怎样的纠葛。

背景介绍

澳大利亚简史

这是又一个福尔摩斯探案故事发生在英国本土、但背景却在其殖民地——这次是在澳大利亚。澳大利亚是英国重要的海外殖民地，是世界上最大的国家之一，同时又处地球上最小的一个洲，位于南半球的太平洋和印度洋之间，地理位置十分重要，物产尤其是矿产非常丰富。

澳大利亚在4万~6万年以前就有人类活动，据说是从东南亚地区迁移来的。有证据表明中国人在1432年就曾经在达尔文市登陆。而欧洲人到达澳大利亚则是17世纪以后的事。最早到的是荷兰人，1639年，荷兰东印度公司为了在日本以东海面寻找"金银岛"，曾派探险队到达澳大利亚的西海岸地区。1643—1644年，伟大的航海家和探险家塔斯曼（A. J. Tasman，约1603—1659）两次勘察了印度洋、澳大利亚和南太平洋（因此澳大利亚塔斯马尼亚州东南部的半岛被命名为塔斯曼半岛，澳大利亚东南岸的一片海域叫作塔斯曼海），把他们发现的土地称为"新荷兰"。

稍后，英国人于1688年也来到了澳大利亚，但当时并未进行大规模勘测。直到1770年4月，由库克（J. Cook，1728—1779。他是著名的航海家、探险家，英国海军上校，在探索新地、航海、测绘海图等方面都有卓越成就，经他测绘而改变的世界地图较历史上任何人都多。用他的名字命名的有北美洲的库克湾，南太平洋中的库克群岛，库克海峡，澳大利亚昆士兰州东北部的港口城市库克敦，等等）率领的船队到达澳大利亚东南部海岸，并沿岸北上，边航行边测量，才使世人对澳大利亚有了一个比较完整的认识，据此英国政府宣布对澳大利亚拥有主权。最初，由于澳大利亚是四面环海的一个大岛，难以出逃，英国把它作为囚犯的遣送地。但1842年以后，在澳大利亚相继发现了铜矿和金矿，当地又有发达的牧羊业，欧洲尤其是英国殖民者纷至沓来，澳大利亚成为淘金者的热土。本故事的两个主角特纳和麦卡锡就是这个时期来到澳大利亚的。特纳为非作歹的巴拉腊特（Ballarat）正是盛产黄金的地方[1]。

为了控制移民数量的急剧增加，1898—1899年在澳大利亚举行了全民公决，1901年元旦澳大利亚联邦正式成立（但元旦并非澳大利亚的国庆日；澳大利亚的国庆日是1月26日，因为1788年的那一天，首批被押运来的英国囚犯在今悉尼湾登陆并升起英国国旗），并成为英联邦的成员，由英国女王任命总督作为国家元首。但第二次世界大战以后，澳大利亚与英国的关系逐渐疏远，而同美国的关系则日益密切。1942年，英国宣布皇家海军中止对澳大利亚的保护就是在这一背景下发生的。

---

[1] 在《福尔摩斯探案集》中，Ballarat被译成"巴勒拉特"，我们根据中国地图出版社的《最新世界地图集》改用"巴拉腊特"。

福尔摩斯探案评说

对小说的评论

这个故事是继《四签名》以后，又一个以殖民地为背景的福尔摩斯探案。当然，《四签名》以英国政府镇压印度人民的反抗为背景，而这个故事以英国公民个人在澳大利亚这块殖民地上的暴力行为背景，在气势上是不能相比的，但无论是前者还是后者，都在一定程度上揭露了殖民主义的罪恶，具有相当的社会意义。

对于欧洲那些先后走上资本主义道路的国家来说，殖民地具有十分重要的意义。殖民地不但是原材料的来源地，也是成品的销售市场。正是殖民地帮助欧洲各国成为经济强国。尤其是英国，凭借着它的军事实力（特别是海军军备）建立并巩固了如此之多的殖民地，使它由一个小小的岛国一跃成为世界上的头号强国，在很长时间里一定程度上影响着世界形势。

对于英国公民来说，殖民地也是意义重大的。殖民地为成千上万的英国人（主要是男人，也有少量女人）提供了发财致富、改变其社会地位的机会。因为在英国国内，有十分严格的等级制度，很难打破原有的社会和经济结构，要从下层"爬"到上层去是极其困难的。而在殖民地，这种限制不复存在，人们可以通过正当的勤劳致富，或者通过不正当的巧取豪夺致富。小说中的特纳先生就是"空手套白狼"，通过明目张胆地疯狂抢劫致富的。当然也有些人去了殖民地，却因为种种原因没有致富，仍然是穷光蛋的，就像麦卡锡那样。

对于特纳和麦卡锡这两个完全不同类型的人物怎么看，如何评价？麦卡锡在澳大利亚和英国都没有发财，原因何在，小说没有交代，我们不得而知，但他在殖民地当马车夫，是一个普通劳动者，这是没有问题的。他的品德如何？小说也没有详细介绍，只有小麦卡锡说起他父亲"为人十分刻薄"。麦卡锡知道特纳曾经是十恶不赦的强盗，但为了一己私利、摆脱贫困，没有揭发他，而是要挟他，这成为他致命的要害。而在特纳眼里，麦卡锡则是"魔鬼的化身"，是"毁了他一生"的人。

那么特纳自己呢？他年轻时在澳大利亚当强盗，是无恶不作的土匪、杀人犯。发财后回到英国，决心悔过自新。但年轻时的污点被人抓在手里，整天提心吊胆，不得安生。为了摆脱这种状况，终于又一次开了杀戒。

对这两个人，作者的倾向性是很明显的：在澳大利亚时期，特纳是魔鬼；回到英国本土，麦卡锡是魔鬼。这从最后福尔摩斯把特纳包庇下来可以清楚看出。小说末尾，在特纳坦白交待完毕，从房间里走出去以后，福尔摩斯沉默了很久，然后说："上帝保佑我们！为什么命运老是喜欢对可怜、无助的芸芸众生那么恶作剧呢？"[①]福尔摩斯对特纳的同情、怜悯溢于言表。而对于麦卡锡，福尔摩斯声

---

① 福尔摩斯这句话的原文是："God help us! Why does fate play such tricks with poor, helpless worms?"。《福尔摩斯探案集》把它翻译为："上帝保佑我们！为什么命运老是喜欢对贫困穷苦而又孤立无援的芸芸众生那么恶作剧呢？"。福尔摩斯这句话是冲特纳说的，而特纳可是个大财主，因此"poor"虽然有"贫困穷苦"的意思，但在这里这样翻译显然是不准确的，译为"poor"的另外一个意思"可怜"才符合福尔摩斯的本意。

称"我了解他的一切",显然同意特纳的看法,把他当作魔鬼,因此毫不怜悯他的死亡,并故意对凶手网开一面。福尔摩斯从一开始就标榜自己的任务是揭露并还原事情的真相,维护法律的尊严,但在这个案件中完全违背了这个原则,这是很耐人寻味的。如果由你来处理这个案件,你会怎么做呢?

情节漏洞

这个案件中有不少漏洞,主要漏洞有以下两个。

第一个漏洞,关于杀人凶器和死者的伤口。小说中说特纳是用一块石头猛击麦卡锡的头部致死的。关于死者的伤口小说前后有一些不同的描述。福尔摩斯在向华生介绍案情时简单地说"死者的头部凹了进去"。华生后来看了县里出版的周报,上面刊登的法医的验尸报告写道:死者脑后的第三个左顶骨和枕骨的左半部因受到钝重武器的一下猛击而破裂。这两种说法是很不一样的。哪一种更真实一些?显然是后一种,因为我们知道,人类的头颅是被头盖骨包裹着的,用石头猛击致死的话,一定是因为头盖骨破裂,流血甚至流出脑浆(小说描写小麦卡锡因为抱起他父亲而右手和衣袖上沾满血迹可以证明),而不可能是什么"头部凹了进去"。因此,小说描写后来福尔摩斯在树林里找到一块石头,因为形状和死者的伤痕正好相符,因此断定这就是杀人凶器,很难使人信服。

退一万步，即使特纳用一块石头猛击麦卡锡的头部使之死亡，死者的头部真的凹了进去，福尔摩斯也只是听说，没有亲眼看见，因为凶杀是"上个星期一"发生的，福尔摩斯到现场时尸体早已被处理掉，麦卡锡穿的靴子不是麦卡锡的女仆拿给福尔摩斯看的吗？因此福尔摩斯并不清楚死者伤痕是怎么样的。如果对遗体照了相（照相术当时已经发明），福尔摩斯从平面的照片上也只能看到个大概，并不能确切知道凹进去多深等细节，怎么能知道找到的那块石头形状同伤痕正好相符呢？而且，我们凭常识知道，世界上大小差不多、形状相似的石头不知道有多少，在博斯科姆比池塘边的石头中，大概也有不少形状是相似的，真不知道福尔摩斯是怎么断定其中一块同伤痕正好相符，而其他的就不相符呢？

显然，证明杀人凶器就是那块石头的最好证据，就是那块石头上一定有血迹。但这样一来，雷斯垂德肯定早就找到了，他为了找罪犯丢弃的凶器，曾经爬到池塘里去，能不在整个树林里找一遍吗？可见柯南道尔这么写，纯粹是为了把发现凶器的功劳归到福尔摩斯头上，却不料因此留下漏洞。

第二个漏洞，关于结局。小说描写福尔摩斯把特纳包庇下来，没有受到应有的惩罚，这也是不可思议的。因为福尔摩斯已经把罪犯的特征详细地说了出来，其实只要根据"左撇子，右腿有一点瘸"这两条，恐怕雷斯垂德无论多么蠢，都可以把特纳揪出来的。福尔摩斯可以凭感情不顾法律，雷斯垂德警官可不会感情用事，也不可能把轻易到手的立功受赏的机会弃之不顾啊。

除了以上两个涉及案情的主要疑点外，小说情节中还有一些其他不合理的地方。比如麦卡锡父子之间的争吵，原因是麦卡锡想让他儿子同特纳小姐结婚，而小麦卡锡虽然深爱着特纳小姐，却因为曾经同一个酒吧女郎登记结婚，不能欺骗特纳小姐，不同意马上结婚。问题来了，小说描写案件发生时，小麦卡锡和特纳小姐都是18岁，而小麦卡锡同酒吧女郎登记结婚发生在特纳小姐上寄宿学校期间，"大约两年前，那时他还不过是个少年"。这样说来，小麦卡锡是在16岁时同酒吧女郎登记结婚的，这可能吗？英国的婚姻登记机关能允许未成年的少年登记结婚吗？在有关《波希米亚丑闻》的评说中，我们曾经提到，英国婚姻法规定婚礼需要2名证人，而小麦卡锡却在没有任何人知情的情况下登记结婚，这似乎也是难以想象的。此外，在案件发生以后，那个酒吧女郎得知小麦卡锡同谋杀案有关，可能会被处以极刑，就写信告诉他，她原是有夫之妇，所以他们之间并无真正的夫妻关系。福尔摩斯认为，这对于小麦卡锡也许是不幸中的万幸。难道小麦卡锡和那个酒吧女郎之间的婚姻关系凭酒吧女郎的一句话就可以中止吗？

五个橘核

在福尔摩斯探案小说中,这是福尔摩斯表现得最差劲、最缺乏判断力、最没有人情味的一个故事。更奇怪的是,小说中,凶手们似乎不以文件为重,并未采取进一步的措施,只是简单地把伊莱亚斯处死了事,就匆匆回美国去了。然后又不辞千辛万苦,数年间两次远渡重洋,每次重复同样的故事,杀了人,但无功而返。这样的行事方式不是很不合逻辑、不可思议吗?

福尔摩斯探案评说

故事梗概

1887年9月下旬，在一个暴风雨的夜晚，年轻的约翰·奥彭肖冒着疾风暴雨赶到贝克街来访问福尔摩斯，述说了一件不寻常的事件。

约翰的伯父伊莱亚斯年轻时侨居美国，在佛罗里达经营一个种植园。南北战争期间曾在南军服役，任上校。南军失败后，解甲归田，重返种植园。因为厌恶黑人，不喜欢共和党给予黑人选举权的政策，回到英国定居。

他性格孤僻，深居简出，没有任何朋友，同兄弟——约翰的父亲也不来往。他是个酒鬼，烟瘾也极大。1878年，约翰十一二岁时，应他的要求，约翰来到他的庄园同他一起生活，逐渐成为一个小当家，可以到庄园的任何地方去，只有阁楼的一个小杂物间常年加锁，不许他进入。

1883年3月，伊莱亚斯极其罕见地收到一封来自印度的信，当他拆开时，从信里掉出5个又干又小的橘核，伊莱亚斯立刻大惊失色，尖声叫道："K, K, K"，接着喊道，"天呐，天呐，罪孽难逃啊！"约翰问他是怎么回事，伊莱亚斯只是简单地回答了两个字："死亡！"就径直回到他自己的房间去了。

不一会，伊莱亚斯走下楼来，一只手里拿着一把锈迹斑斑的钥匙——显然就是那间常年紧闭的小杂物间的钥匙，另一只手里拿着一个上面印有3个K字的小黄铜匣，让人请律师来。

律师坐定以后，伊莱亚斯留下遗嘱，把自己的所有财产，连同它的一切有利和不利之处，都留给他的兄弟，也就是约翰的父亲，以后自然也就遗留给约翰。约翰作为见证人在遗嘱上签了字以后，律师把遗嘱带走。

当天的一连串奇特的事件给约翰留下了深刻的印象，他反复思量，无法明白其中的奥妙。虽然随着时光流逝，不安之感逐渐减弱，但难以摆脱模模糊糊的恐怖感。而伊莱亚斯的举止则变得更加异乎寻常了。他酗酒得更加厉害，更加不愿意置身于任何社交场合，整天把自己锁在屋里，不见任何人。有时则发疯一样从屋里冲出，握着手枪，狂奔乱跑，惊声尖叫。可以感觉到，他内心充满了恐惧。

终于有一天夜晚，他在又撒了一回酒疯以后，突然跑了出去，一去不返。后来发现他奇怪地死在花园一个泛着绿色的污水坑里，这个水坑很浅，不足以淹死人，而且他身上也完全没有伤痕。因此陪审团断定为"自杀"，不了了之。他的遗产除地产外，还有大约一万四千英镑存款。

伊莱亚斯死后，约翰的父亲作为遗产继承人搬来和儿子一起管理庄园。他们仔细检查了阁楼上的小杂物间，发现那个小黄铜匣仍在，匣盖里面有个标签，上面也写着3个K，此外还写着"信件、备忘录、收据和一份记录"等字样，但其中已空无一物。小杂物

伊莱亚斯被发现死在一条浅浅的水沟里

间中还有一些散乱的文件和笔记本，记录着伊莱亚斯在战争时期的情况，以及战后南方各州重建时期与政治有关的内容。很显然，伊莱亚斯当时曾经积极参与反对那些由北方派来的政客的斗争。

这样相安无事过了大约一年，一天早餐，他们收到一封信，父亲拆开以后，又滚出5个橘核！吓得他大惊失色。信上除了有3个K以外，还有一句话："把文件放在日晷仪上"。父亲不解地问，"什么文件？什么日晷仪？"约翰清楚，文件肯定是指小黄铜匣中已经被销毁的那些，而日晷仪则是指他们花园中

约翰父亲也收到了一封含有五个橘核的信

的那个，因为别处没有。他建议报警，但他父亲不同意，认为这是一个荒诞的恶作剧，不愿意为这种荒唐的事庸人自扰。约翰只能服从，但心里充满不安。

接到来信的第三天，约翰父亲离家去看望一位老朋友。约翰感到高兴，以为这样可以让他避开危险。不料，第二天，约翰就接到他父亲的朋友发来的电报，说他父亲摔在一个很深的白垩矿坑里，不省人事。约翰赶到现场，父亲已经死去。约翰仔细检查了现场，没有发现任何暴力的迹象。验尸官断定属于"意外死亡"，但约翰心情沉重，因为他确信这是某个卑鄙的阴谋造成的。

约翰父亲死去过了两年八个月，约翰又一次收到了标有3个K字的信件，仍然装有5个橘核，仍然写着"把文件放

在日晷仪上"。这使约翰惊恐万分，立刻报警。但警察局的人根本不理会，认为这完全是恶作剧；不过，在约翰的一再请求下，他们同意派一名警察保护他，驻守在他的家里。即使这样，约翰仍然不放心，因此来找福尔摩斯。

听了约翰的述说，福尔摩斯深感事态严重。他问约翰是否还有进一步的凭证。约翰从口袋里掏出一张已经退色的蓝纸，说是从他伯父烧文件的灰烬堆中捡出来的未烧光的一页。上面标有日期，1869年3月，内容如下：

4日：赫德森来，抱着同样的旧政见。

7日：把橘核交给圣奥古斯丁的麦考利、帕拉米诺和约翰·斯通。

9日：麦考利已清除。

10日；约翰·斯通已清除。

12日：访问帕拉米诺。一切顺利。

看完以后，福尔摩斯让约翰马上回家，做这样一件事：把这张纸放进小黄铜匣，另外放进一张便条，说明所有其他文件都已被他伯父烧掉，然后把小黄铜匣放在日晷仪上。由于当时还不到9点，街上人还很多，约翰身上还带着武器，福尔摩斯相信约翰不至于有危险，就让他回去了。

约翰走后，福尔摩斯陷入沉思。他对华生说，这是他经历的案件中最为稀奇古怪的一宗。华生同意这个看法，但他认为《四签名》除外。福尔摩斯则认为约翰面临的危险比当时舒尔托面临的危险更大。福尔摩斯还分析，伊莱亚斯当初是出于对某人某事的惧怕而被迫离开气候宜人的佛罗里达，回到英国独居的。福尔摩斯和华生根据庄园3次收到的信都是从海港发出的这一事实，推断写信的人是在船上，而根据3封信发出的日期同出事的日期相比有长有短，推断信是交邮轮寄送的，而写信人是乘帆船来的。至于3个K，福尔摩斯早就知道，这是美国的一个可怕的秘密团体。他们找出百科全书读了一遍有关对它的介绍。

第二天一早，晨报以"滑铁卢桥畔的悲剧"为题报道了约翰死去的消息：昨晚9~10时之间，在滑铁卢桥畔执勤的警察闻有呼救及落水之声，因伸手不见五指，又有狂风暴雨，虽然有过路者数人援助，终无法营救。尸体捞出后，从衣袋中之信封知其为约翰·奥彭肖。尸体未见任何暴力痕迹，疑为意外落水身亡。

福尔摩斯和华生从报纸上看到约翰死亡的消息，十分震惊

看到这则报道，福尔摩斯和华生都清楚，约翰不是什么意外身亡，而是遇害。福尔摩斯神情之沮丧难以言表。他发誓要与这些匪徒斗到底。通过查阅劳埃德船舶登记簿和旧文件的卷宗，他把目标锁定在一艘名为孤星号的三桅帆船上，作案的是它的船长詹姆斯·卡尔霍恩和两个副手，因为船上只有这3个人是美国人。他要以其人之道，还治其人之身：给卡尔霍恩发一封信，信中也装5个橘核；同时通过海底电报通知当地警察局，说明这3个人是这里正在通缉的杀人犯。但是百密一疏，福尔摩斯精心设计的方案未能实现。等待了很长时间，孤星号都杳无音讯。终于有一天，福尔摩斯和华生听说，有人在大西洋某处看到在

海浪中漂泊着一块破碎的船尾柱，上面刻有孤星号（Lone Star）的词头缩写"L. S."，大概它和它的主人在暴风雨中被无情的海洋所吞没了。

背景介绍

美国南北战争

　　本文的主人公伊莱亚斯在侨居佛罗里达期间，参加了美国南北战争。美国南北战争又叫美国国内战争或解放黑奴战争，是美国历史上非常重要的事件，我们这里作一简单介绍。

　　美国于1776年正式立国以后，通过路易斯安那并购和对墨西哥的战争（见《血字的研究》的背景介绍），领土迅速扩大，经济飞速发展。到1850年加利福尼亚加入联邦以后，美国的版图已包括现今50个州中的31个州，成为东起大西洋，西达太平洋，南到墨西哥湾，北至加拿大边境的泱泱大国。人们曾经担心，这样一个大国会不会分裂，因为从东海岸到西海岸，实在太远了，中间还隔着大山，分居东西两部分的人很难交流，难免产生利益上的冲突和观念上的分歧。奇怪的是，从东到西距离的遥远并没有形成利益上的冲突和观念上的分歧，倒是北方和南方产生了激烈的碰撞，最终爆发了战争。这是怎么一回事呢？

　　原来，北方的州以工业经济为主，南方的州以农业经济为主，这使南北方之间形成巨大的差异。1850年时南北方主要经济指标的对比见表7-1。

表7-1　1850年的美国

	北　方	南　方
人口(人)	1343.5万	961.3万
银行存款(美元)	2.3亿	1.02亿
铁路里程(英里)	18000	7000
运河、水道里程(美元)	3700	1100
工业品价值(美元)	8.43亿	1.65亿
农产品价值(美元)	5.66亿	4.62亿
私人财产和土地价值(美元)	41亿	29亿

注：数据来自美国中学历史课本《Many Americans-One Nation》,Bowmar/Noble Publishers,Inc., 1980

发展水平上的差距当然很重要，但还不是产生矛盾的主要原因。主要原因在于南方的农业经济是以大量的黑奴为基础的，在它的961.3万人口中，有320万黑奴，占总人口数的1/3！而在它的29亿美元的私人财产和土地价值中，允许像商品一样进行买卖的黑奴的价值占16亿美元，占一半还多！相比而言，北方的黑奴就非常少。这些黑奴大多是从殖民地时代开始，为了解决劳动力不足而陆续从非洲贩卖来的黑奴及其后代。他们没有人身自由，没有政治权利，从事着最繁重的劳动，生活在社会的最底层，境况极其悲惨。女作家斯托（Harriet Beecher Stowe, 1814—1896）的小说《汤姆叔叔的小屋》（或译《黑奴吁天录》）很生动地描述了黑奴的处境。

同任何事物都有正反两面一样，从奴隶制开始形成起，就伴随着有废奴主义和废奴主义者。两者的斗争始终没有停止过。在美国的历史上，允许和实行奴隶制（这样的州称为"slave state")和废除奴隶制(这样的州称为"free state")这两股政治力量也无时无刻不在进行斗争,也往往以妥协和平衡结束。例如,1820年,实行奴隶制的密苏里州加入美国,为了平衡,国会同时批准不允许奴隶制的缅因州(它本来是马萨诸塞州的一部分)加入联邦。在其后的30年中,一直保持这种平衡:凡是接纳一个允许奴隶制的州加入美国,必然很快接纳一个不允许奴隶制的州加入美国。

1849年,加利福尼亚作为free state申请加入美国,打破了这种平衡,因为其后没有slave state申请加入美国。这导致南方各州议员的强烈反对。作为妥协,国会通过了一个严厉的"逃亡奴隶法"(Fugitive Slave Law),规定逃亡到北方的奴隶一旦抓获,不管他已经逃亡多久,都必须送回南方。南方议员这才勉强同意接纳加利福尼亚州。

但随后的一连串事件使矛盾激化起来。首先是1859年,一个名叫约翰•布朗(John Brown)的废奴主义者占领了一座位于弗吉尼亚州的政府军火库,把武器发给奴隶,发动叛变,以图解放黑奴。叛变虽然被镇压了,但南方的奴隶主大为震惊。

其次,在1860年的总统选举中,由于主张奴隶制的民主党分成3派,有3个候选人,分散了选票,因此被主张废奴的共和党(1854年才成立)轻易击败,林肯(Abraham Lincoln, 1809—1865)当选美国第十六任总统。

林肯当选的消息传到南卡罗来纳以后,州政府召开了一次特别会议,投票通过决议,退出联邦。在林肯于1861年3月宣誓就职以前,共有7个州宣布退出联邦。林肯在就职仪式上向南方各州保证，他们的财产不会有任何危险。但这些州不但没有取消其退出的决定，反而迅速采取行动，夺取位于其境内的联邦军火库，并成立了另外一个"美国"，名为"美利坚诸州联盟"（Confederate States of America），在本人不知情的情况下选举墨西哥战争中的英雄、曾任美国陆军部部长，而且反对分裂和内战的戴维斯（Jefferson Davis，1808—1889）为总统，还选举了副总统和其他官员。局势顿时紧张起来，一个统一的美国眼看着要分裂为二。

开始时，林肯并没有采取行动。一个月以后，一个突发事件导致南北战争打响了第一枪。当时，位于南卡罗来纳州查尔斯顿（Charleston, South Carolina）的萨姆特要塞（Fort Sumter）中的军队由于南卡州退出联邦，得不到给养，林肯于4月6日决定派遣一支舰队前往"援救"，同时通知南卡州的统治者，舰队并不携带武器。但联盟不等舰队到达，4月12日就开始进攻要塞，要塞予以还击。两天以后，要塞被迫投降。虽然没有一个士兵被杀，但要塞已被严重破坏并被焚毁。南北战争由此开始。

战争爆发以后，林肯立刻宣布征召7.5万名志愿者，而南方则又有4个州（包括弗吉尼亚州）宣布退出联邦，参加联盟。在以后的4年战争中，南北方互有胜负，战事呈胶着状态。

1864年3月，林肯任命在西线战斗中有出色表现的格兰特将军（Ulyssaes S. Grant，1822—1885。后于1869—1877连任两届美国总统）指挥全军，战局出现转机。格兰特制定并实施了一个"消耗战略"，利用北方在人员和物资供应方面的绝对优势，拖垮南军。经过一年多的拉锯战，终于在1865年4月的亚特兰大战役后迫使南军总指挥罗伯特·李（Robert E. Lee，1807—1870）宣布投降，南北战争宣告结束。

南北战争中北方的胜利使美国得以保持统一，奴隶制被废除，工业化进程加快，美国开始向世界强国的地位迈进。但黑人的权利并没有得到保证。战争刚刚结束，林肯就于1865年4月14日晚遭到暗杀。北方的军队在1877年撤离以后，南方黑人的公民权又被逐步取消，种族隔离制度重新盛行。直到20世纪60年代，经过长期的艰苦斗争，这种状况才得以改变。

关于南北战争，在小说《飘》（Gone with the Wind）中有生动的描述。由它改编成的电影《乱世佳人》更是脍炙人口，相信读者都有深刻的印象。

三K党

本文的主人公还是一个三K党党员，回到英国后又遭到三K党追杀。三K党是怎样一个团体呢？

首先应该说明，美国在不同的历史时期有过2个不同的恐怖主义秘密团体，都叫三K党，一个在19世纪，另一个在20世纪。我们这个故事中的三K党当然是19世纪的那个。

所谓三K是"Ku Klux Klan"，来源于想象中扣击步枪扳机的声音。最初，它是美国南北战争南方失败以后由南方的退伍军人作为社交俱乐部组织起来的。但由于在战后重建问题上，受北方激进的共和党控制的国会制订计划时完全不顾南方的意愿，这一组织迅速成为南方白人秘密抵抗"重建"的工具。其成员企图通过对解放了的黑奴施加恫吓和暴力来重建白人的霸权。三K党人在夜晚袭击黑奴及其白人支持者时，常常身穿长袍，头戴面罩，以恐吓黑人，并避免被认出。其成员采用的手段极其残酷，令人闻之色变。

三K党始建于1866年，1868—1870年盛极一时。到了70年代，由于原先的目标——在南方重建白人的霸权已经大大实现，秘密的反黑人组织的需要性消失，三K党也就销声匿迹了。

约翰的伯父伊莱亚斯南北战争期间曾在南军服役，而且非常厌恶黑人，不喜欢共和党给予黑人选举权，因此他是符合三K党党员的条件的。由于他当过上校，是个级别不低的军官，因此还很可能是个不大不小的头领。

至于20世纪的三K党，起源于1915年的亚特兰大，由西蒙斯上校组织。其起因很复杂，部分出自爱国主义，部分出自对古老南方的怀旧，但最主要的是俄国十月革命后小城镇的新教徒感受到威胁，以及几十年来的大规模移民使美国的社会种族特性发生了巨大变化所致。新三K党同老三K党一样，对黑人怀有敌意，对天主教徒、犹太人、外国人和有组织的劳工均有偏见。其暴行一直很猖獗，1965年3月约翰逊总统（Lyndon B. Johnson, 1908—1973）还在全国电视演说中公开谴责三K党的暴行，并宣布逮捕谋杀了一名从事民权工作的白人妇女的4名三K党分子。直到20世纪末，三K党才走向衰落，现成员不足千人，暴力事件也已极少发生。

劳埃德船舶年鉴

　　这个故事中的案件虽然没有真正侦破和了结，但福尔摩斯通过查阅Lloyd's Register，还是锁定了嫌疑犯是一艘名为孤星号的三桅帆船的船长詹姆斯·卡尔霍恩和他的两个副手。Lloyd's Register在这里功不可没。那么"Lloyd's Register"是个什么样的资料，是由谁编辑、出版的呢？

　　"Lloyd's Register"其实是"Lloyd's Register of Shipping"的简称，在《福尔摩斯探案选》中把它翻译为"劳埃德船登记簿"，当然未偿不可；它的正规译法有2种，一种是把它作为出版物，译为"劳埃德船舶年鉴"（见上海译文出版社的《新英汉词典》），另一种是把它当作一个组织的名称，译为"劳埃德船级社"（见中国大百科全书出版社的《不列颠百科全书》），两者其实是一回事。其起源可追溯到英国人E.劳埃德，1688年他在伦敦码头附近的灯塔街开设了一家咖啡馆，主要对象是船员、乘客和接送他们的家属和亲友，经常看到由于不知道船舶航行的确切消息，等待的人们在焦急和忧虑中日复一日地跑到码头上来打听消息。由此他萌发了收集和发布有关船舶及其航行信息的念头。1696年他开始出版《船只的新闻》，大受欢迎，从此愈做愈大，在船舶和航海领域声誉也越来越高。后来，他又成立"劳埃德保险社"（Lloyd's of London），从事船舶和海运的保险业务，到了20世纪，它的保险业务扩展到其他领域，但仍以船舶和海运的保险业务为主。

　　由于劳埃德在该领域的声望，18世纪70年代负责评定商船等级的协会成立时，就以劳埃德命名，并开始编辑出版同名的船舶年鉴。此外，协会还负责建立商船的制造和维修标准，并提供技术服务，以帮助船主达到标准；出版快艇名录以及有关造船、船队和海难的统计性一览。"劳埃德船舶年鉴"收载世界各国总吨位在100吨以上的商船的资料，是该领域最全面、最权威的资料。

对小说的评论

在福尔摩斯探案小说中，这是极其少见的没有真正侦破和了结的案件之一。因为福尔摩斯根据3次谋杀案的经过，通过分析、推理，虽然锁定了凶手，但并没有捉拿归案，没有取得口供。在既无人证、物证，又没有口供的情况下，其结论的正确性自然是没有任何证据的。

在福尔摩斯探案小说中，这也是案情最不明朗、最为模糊的一个案件。除了伊莱亚斯在美国期间参加过三K党，参与过对其他3个人（也许也是三K党党员）的暗杀活动这件事是明朗的以外，其他所有的事情都是模糊的。整个案件的来龙去脉是什么，前因后果是什么，犯罪的动机和目的是什么，三次杀人前后凶手和被害人之间有过怎样的互动，凶手们采取了什么样的措施使谋杀完全不露痕迹？……所有这一切一概是模糊的。福尔摩斯推测伊莱亚斯是出于对某人某事的恐惧而被迫离开美国的，但由于伊莱亚斯已经把所有文件、材料都已销毁，伊莱亚斯自己又三缄其口，绝口不提，直到死去，因此真相如何谁也不得而知。福尔摩斯锁定的嫌疑犯被海洋吞没，无法继续追究，福尔摩斯自然也不会再去动脑筋看有没有其他可能的嫌疑犯。警方认定3起谋杀都是"偶然事件"，不予立案。约翰一死，后继无人，真凶已无人关注，案件自然也不了了之。所以读者看到的是一个没头没脑、只知其然而不知其所以然的莫明其妙的故事。从阅读心理学的角度说，读者看一个故事，总希望能了解故事的全貌，只有明白了故事的全部细节，才感到满足。对于探案小说，这一点尤其突出。就像我国著名的女作家王安忆在《华丽家族》（安徽文艺出版社，2006）一书中写的那样："我读阿加莎·克里斯蒂①的小说，感受相当单纯，那就是'享受'。"为什么？很重要的原因之一，就是阿加莎对"离奇故事里的每一个细节，她都负责给予让我们信服的解释"。而柯南道尔的这个探案小说显然是不能满足读者的这个要求的，因此是无法感到"很享受"的。

在福尔摩斯探案小说中，这又是福尔摩斯表现得最差劲、最缺乏判断力、最没有人情味的一个故事。故事发生在1887年，三K党已经走向没落。作为一名侦探，福尔摩斯对三K党是了解的（当约翰走后，华生问福尔摩斯3个K是什么意思时，福尔摩斯反问"你从来没有听说过三K党吗？"，可见福尔摩斯是了解三K党的），听了约翰的介绍后，福尔摩斯立刻意识到问题的严重性，并正确地指出，"既然他们（指三K党）已经布下了天罗地网，我们也应该采取相应的措施才是。现在首先要考虑的是如何消除威胁您的迫在眉睫

---

① 阿加莎·克里斯蒂（Agatha Christie，1890—1976）。她是继福尔摩斯之后英国的又一位探案小说大师，其《尼罗河上的惨案》、《东方快车谋杀案》、《阳光下的罪恶》等名著脍炙人口。

的危险；其次才是揭穿秘密，惩处罪恶的集团"。在福尔摩斯告诉他回去以后怎么做以后，他对他说，"您必须分秒必争。与此同时，您首先必须照顾好您自己，因为我认为，有一种非常现实和迫近的危险正在威胁着您，这一点毫无疑问。"然后，福尔摩斯问约翰怎么回去，约翰回答说，"从滑铁卢车站乘火车回去"。福尔摩斯竟然说，"现在还不到九点钟。街上人还很多，所以我相信您也许能平安无事"，就把约翰送走了。福尔摩斯怎么忘了，当晚伦敦正是疾风暴雨，当约翰拉响门铃时，他还对华生说，"如果（事情）不严重，这种天气谁还肯出来？"到了九点钟，而且小说写得很明确，约翰离开时，"门外的狂风依旧呼啸不已，瓢泼的大雨，哗哗不停地敲打在窗户上"，在这种情况下，福尔摩斯怎么反而认为"街上人还很多"，约翰可以"平安无事"了呢？退一步说，即使伦敦的"街上人还很多"，因此可以"平安无事"，那么深更半夜的火车上呢？下了火车以后约翰回庄园的路上呢？福尔摩斯这不是让约翰白白去送死吗？约翰在夜晚冒着疾风暴雨赶到贝克街来是为了寻求福尔摩斯的保护的，福尔摩斯也明知约翰面临着巨大的危险。在这种情况下，福尔摩斯竟然相信他也许能平安无事而把他打发走，实在是既麻木到了极点，又缺乏起码的人性。显然，这是作者根据情节的需要而故意如此安排的。尤其令人不能接受的是，当福尔摩斯和华生获知约翰被害的消息后，小说描写"福尔摩斯意志消沉，神情沮丧"，终于开口以后，虽然说了"他跑来向我求教，而我竟然把他打发出去送死"之类带有自责意味的话，但还自我辩解地说，"即使在这样一个黑夜，在那座桥上无疑也是人太多了"，并且激动而反复强调"这件事伤了我的自尊心"。从整个描写看，福尔摩斯对约翰的死并不十分在乎，他在乎的主要是自己的这次侦案失败，这实在有损福尔摩斯在人们心中的形象。

情节漏洞

除了以上评论中提到的福尔摩斯显得弱智和缺乏人性这一明显的漏洞外，这个故事中还有另外一些重要漏洞。我们知道，任何犯罪分子实施犯罪都一定有明确的动机和目的。那么，三K党追杀奥彭肖家3口人的动机是什么？福尔摩斯分析说，"奥彭肖所带的那些文件显然对于帆船里的一个人或一伙人有着生死攸关的重要性。"[①]也就是说，伊莱亚斯手中的文件是三K党追杀奥彭肖家人的原因。从装有5个橘核的后两封信中，都有一句话："把文件放在日晷仪上"，可以证明这一点。这里有一个问题：伊莱亚斯带着文件早已逃离美国，在英国隐居，按说对这个人或这伙人已经不再构成威胁。小说中《百科全书》对三K党的介绍也说，"它的势力被用于实现其政治目的，谋杀或驱逐反对他们观点的人们出国……受到敌视的人接到警告以后，可以公开

---

① 福尔摩斯这句话的原文是："The papers which Openshaw carded are obviously of vital importance to the person or persons in the sailing-ship."。完整的意思是"奥彭肖（指伊莱亚斯）编了卡片索引的那些文件显然对于帆船里的一个人或一伙人有着生死攸关的重要性。"《福尔摩斯探案集》翻译为"奥彭肖所带的那个文件显然对于帆船里的一个人或一伙人有着生死攸关的重要性。"这显然是不准确的，容易使读者误认为是约翰拿给福尔摩斯看的那张烧剩的纸片是凶手们所看重的。因此笔者把译文中的"那个文件"改成"那些文件"，以免读者误解。

宣布放弃原有观点或逃奔国外"。伊莱亚斯不已经"逃奔国外"了吗？怎么还要追杀他呢？当然，福尔摩斯还对华生说过，"你一定能理解，这个记录和日记牵涉到美国南方的某些头面人物。甚至还会有不少人如果不重新找到这些东西是连觉都睡不安稳的"。假设福尔摩斯的这番话是对的，三K党因此要来追杀伊莱亚斯，其首要目标当然是伊莱亚斯手中的文件，不拿到这些文件是不会善罢甘休的。而如果拿到文件，威胁消除，目的达到，也就不一定非杀人不可。福尔摩斯在听了约翰的介绍后，对约翰说，"现在你连一分钟都不能再耽搁了，你必须马上回家，开始行动"，"只有一件事要做。而且一定要刻不容缓立即就办。你必须把给我们看过的这张纸放进你说过的那个黄铜匣子里去。还要放进一张便条，说明所有其他文件都已被你的伯父烧掉了，这是仅剩的一张。你所使用的措词一定要使他们能够确信无疑。做完这一切以后，你必须马上就把黄铜匣子按信封上所说的放在日晷仪上"。福尔摩斯之所以如此安排，也就是基于以上考虑。那么，凶手在杀害伊莱亚斯以前，一定会首先逼迫伊莱亚斯交出文件，而伊莱亚斯自然会告诉他们文件已经销毁，让他们放心，并哀求饶命。凶手们显然不相信伊莱亚斯的话，在这种情况下，他们理应采取进一步的手段，让伊莱亚斯给出文件已经销毁的证据，或搜查伊莱亚斯的庄园，总之不达目的，绝不罢休。奇怪的是，小说中，凶手们似乎不以文件为重，并未采取进一步的措施，只是简单地把伊莱亚斯处死了事，就匆匆回美国去了。然后又不辞千辛万苦，数年间两次远渡重洋，每次重复同样的故事，杀了人，但无功而返。这样的行事方式不是很不合逻辑、不可思议吗？

新蓝宝石案

当然,福尔摩斯的猜测基于逻辑分析,有一定的道理,但有些分析实在勉强,不能令人信服。比如,福尔摩斯判断亨利·贝克是一个学问渊博的人,根据是帽子很大,说明他的头很大,而"脑袋长这么大的人,头脑里一定有些东西吧!"其实现代医学研究并没有证据证明人的头脑的大小同人的学问多少之间有什么必然的联系。

福尔摩斯探案评说

故事梗概

看门人彼得森在圣诞节凌晨的奇遇

圣诞节凌晨约4点钟,看门人彼得森参加完一个欢庆会以后,在回家路上遇到一件奇事。在一个街角处,走在他前面、肩背一只大白鹅的一个人忽然同几个流氓发生争斗,一不小心把旁边商店的玻璃窗打得粉碎。彼得森正想上前帮助,不料那个人因为自己闯了祸,又见彼得森穿着制服,以为他是警察,吓得扔下大白鹅,也不顾被流氓打落在地的帽子,拔腿就跑,顷刻间就消失得无影无踪。那帮流氓同样逃之夭夭。四顾无人,彼得森不知道该如何处理,只好拿着这顶帽子和这只大白鹅来找福尔摩斯。

福尔摩斯仔细看了看帽子和大白鹅,见大白鹅的腿上系着一张小卡片,上写"献给亨利·贝克夫人",那顶又破又旧的帽子的衬里上也有亨利·贝克的词头缩写"H. B."。贝克这个姓和亨利这个名实在太普通了,有这个姓名的人在伦敦这样的大城市里不计其数,到哪儿去找叫亨利·贝克的人?于是福尔摩斯让彼得森干脆把大白鹅带回家去煮来吃,留下帽子饶有兴味地研究起其主人的可能身份和特征来。结论是:这个人学问渊博,过去很有远见,家境也比较富裕;但今非昔比,家道中落,处于困境,精神颓废,可能是因为染上了酗酒的恶习,妻子也不再爱他。

听福尔摩斯从这顶破破烂烂的帽子上推断出主人的这么多过去未来,华生哪里肯信?不料福尔摩斯滔滔不绝地继续说道,这是个中年人,很少外出,从不锻炼身体,头发灰白，最近理过，还涂了柠檬膏。他家里也没有安煤气灯。华生更以为福尔摩斯是在开玩笑。福尔摩斯把他怎么推断出这些结论来的一一作了说明，华生这才信服。

正在这时，彼得森慌慌张张地跑了进来，手里拿着一颗闪闪发光的宝石，说是在大白鹅的嗉囊里找到的。福尔摩斯和华生仔细一看，发现这正是莫卡伯爵夫人最近丢失的那颗价值连城的名贵蓝宝石！伯爵夫人悬赏一千英镑找寻它！

彼得森意外地在大白鹅的嗉囊里发现一块宝石

事情发生在5天前，当时伯爵夫人住在世界旅馆。她的化妆室壁炉的一根炉栅有些松动，因此旅馆侍者领班赖德带领管子工霍纳前去修理。其间赖德有事曾经离开一会，待他回来时，发现霍纳已经离去，而梳妆台已被撬开，首饰匣内已空无一

对宝石毫不知情的贝克先生领走了他丢失的帽子和鹅

物。赖德惊呼起来，伯爵夫人的女仆凯瑟琳闻声而至，两人当即报案，嫌疑人霍纳被捕，但在霍纳身上和住处没有搜查出蓝宝石。据说霍纳有犯罪前科，被捕时曾经拼命反抗，审讯时异常激动，极力申辩自己乃清白无罪之人，判决时甚至昏厥过去。

现在蓝宝石在这只大白鹅嗉囊里被找了出来，福尔摩斯明白事情不简单，这个大胆的小偷到底是谁还很难说。他首先在报纸上刊登广告，请亨利·贝克先生到贝克街来领取丢失的帽子和鹅。亨利·贝克如约而来，这个人一如福尔摩斯所预料的那样，已经今不如昔，但仍然保持着某种风度。福尔摩斯从亨利·贝克口中获知，他的鹅是因他作为一个鹅俱乐部的成员，由阿尔法酒店的主人送给他的。于是福尔摩斯和华生去至这家酒店，问清鹅的来源，又来到一个市场找到名为布莱肯里奇的推销员，打听他的鹅是从哪里进的货。不料这个问题惹得他勃然大怒，因为此前就有人找他打听鹅是从哪儿批发来的，卖到哪儿去了，使他不胜其烦。福尔摩斯不但巧妙地平息了他的怒火，还最终打听到了鹅的来源是名叫奥克肖特太太的一个养殖户。

正当福尔摩斯和华生准备去找奥克肖特太太的时候，从他们刚刚离开的那个货摊那里传来一片吵闹声，他们回头一看，原来是货摊主人布莱肯里奇正在和一个贼眉贼眼的人吵架，布莱肯里奇大声斥责那人一再来纠缠他，没完没了地打听他从奥克肖特太太那儿批发来的鹅卖到哪儿去了，那个人则唉声叹气地说，"那里面有一只鹅是我的啊"。福尔摩斯一听，立刻走上前去，对那个人说，我知道你拼命寻找的鹅卖给谁了。那个人似乎抓到了救命稻草，高兴地喊了起来。原来他就是世界旅馆的侍者领班赖德先生。

随后，福尔摩斯和华生以可以把鹅的去向的详情奉告为由，把赖德带回贝克街住所。福尔摩斯告诉赖德，他竭力想找回的那只鹅到了自己的手里，并且给他下了一个蛋——世界上最罕见、最珍贵、最明亮的一个蓝色的蛋。他打开保险箱，取出那块蓝宝石举在手里。赖德拉长了脸，直瞪瞪贪婪地注视着那块蓝宝石，但一脸茫然，不知道是认领好，还是否认好。福尔摩斯厉声说，"赖德，你的把戏演完了"。至此，赖德不能不承认，是他和伯爵夫人的女仆凯瑟琳合谋演了这出双簧，偷盗了伯爵夫人的蓝宝石，并嫁祸给有过前科的霍纳。

按照福尔摩斯的指令，赖德交代了以后发生的事情。蓝宝石到手了，但是怎样把它换成钱呢？他毕竟是第一次干这种事，不知道怎样办才好，于是他想去向一个叫莫里兹的朋友请教，这个人是个惯偷，有经验，足智多谋，刚刚服刑期满出狱，肯定能提供帮助。他先到了他姐姐奥克肖特太太家，一路上觉得所有人的眼睛都盯着他，吓得他汗流浃背。心想不能把蓝宝石放在口袋里满街走，必须妥善地藏起来再去找莫里兹才安全。这时姐姐家院子里"哇，哇"叫着的鹅提醒了他。姐姐曾经答应圣诞节时要送他一只鹅的，何不把蓝宝石塞到鹅的肚子里去呢？于是他在鹅群中抓了一只尾巴上有一道黑边、比较容易辨认的鹅，扒开它的嘴，把蓝宝石塞了进去。那只鹅拼命挣扎、叫唤。他姐姐闻声进来，问他发生了什么事。正当他转身和她讲话时，那只鹅从他手里挣脱出来，拍打着翅膀蹿回鹅群中去了。

他撒谎说他要找一只最肥的鹅带走。姐姐回答说，我早已为你准备好一只最肥的了。赖德赶快说，我情愿要我刚才挑的那一只。于是他从鹅群中把尾巴上有一道黑边的那只重新找了出来，宰杀好以后，就兴冲冲地带着去找莫里兹去了。

  莫里兹听完赖德讲了他如何"智取蓝宝石",又如何安全地把它带来的故事以后,满口称赞他聪明能干,心里暗暗高兴将有一笔大大的横财到手,赶忙拿刀将鹅开了膛。他们两人在嗉囊里找了半天,哪里有蓝宝石的影子?赖德的心顿时凉了半截。他急匆匆奔回姐姐家,走进后院,鹅群已不见踪影。他着急地问姐姐,鹅到哪里去了,姐姐告诉他,已经送到市场上名叫布莱肯里奇的经销商那儿去了。赖德又问,送去的鹅里有没有一只尾巴上有一道黑边的?姐姐说,有啊,这样的鹅一共有2只,你拿走了一只,还有一只。赖德一听心里叫苦不迭,知道自己找错了一只,赶忙去找布莱肯里奇。后面的故事福尔摩斯已经知道了。

  赖德最后说,"现在,我已经是一个打上了窃贼的烙印的人了,尽管我并没有得到我想要的财宝,但是为此我已经出卖了人格。愿上帝宽恕我吧!"说着,他用双手捂着脸抽搐着哭了起来。

赖德交代完自己的罪行后用双手捂着脸抽搐着哭了起来

  经过一段时间的沉默,福尔摩斯站了起来,猛地把门打开,大吼一声"滚出去!"。赖德愣了一下,随即明白过来,一溜烟地跑了。华生问福尔摩斯,怎么把他放走了,福尔摩斯叹口气说,"我想我在使一个人重罪得以减轻,这也可能是我挽救了一个人。这个人将不会再做坏事了,他已经吓得失魂落魄了。"

新蓝宝石案

背景介绍

宝 石

　　这个故事是以盗取蓝宝石为主线的。在犯罪案件中，有相当比例的案件是同蓝宝石之类的珍宝有关的，因为它们非常稀少，极其美丽，因此非常珍贵，是财富和身份的象征，成为一些人追逐的对象，因此也成为犯罪的重要根源之一。在福尔摩斯探案中，就有好几个案件是同宝石有关的。这里我们介绍一下有关宝石的知识。

　　宝石（英文为gemstone，或简单写为gem）是各种因美观、耐久和稀少因而价格昂贵的矿物的总称。在已经鉴定的2000多种天然矿物中，只有16种是公认的宝石，可见其稀少。这16种矿物中，又只有绿柱石、金绿宝石、刚玉、金刚石、钙铁榴石、橄榄石等少数几种能形成最珍贵的祖母绿、红宝石、蓝宝石、羊脂玉、猫眼石等精品。其中，金刚石（diamond）由纯碳组成，其硬度最大，它可以切割一切事物，而世界上没有任何东西可以切割金刚石，故被称为钻石，是最受欢迎的宝石。

　　宝石作为装饰品由来已久，中外皆然。由宝石引起的事件和案件也层出不穷。历史上最著名的是"钻石项链事件"（Affair of the Diamond Necklace），发生在1785年法国路易十六的宫廷中。女骗子拉莫特伯爵夫人看中了一条价值160万利弗尔的钻石项链，谎称王后玛丽·安托瓦内特想购买它，伪造了一封王后写的信给有名望的枢机主教

（也就是红衣主教）罗昂看，使他深信不疑。然后她又找了一个妓女冒充王后，让她同主教会晤。主教一心想讨好王后，贸然同意协助购买这副项链，与珠宝商博埃梅和巴桑热谈判，并以自己的名誉保证分期付款。

钻石项链到手后，女骗子拉莫特伯爵夫人把它拆散在伦敦出售后逃之夭夭，枢机主教罗昂无钱付款，珠宝商直接诉诸王后，骗局败露。路易十六下令逮捕枢机主教罗昂，关押于巴士底狱，在巴黎高等法院受审。1786年5月虽宣告无罪释放，但被剥夺所有职务，流放至奥弗涅的隐修院。拉莫特伯爵夫人被追捕归案后被判处鞭挞、打烙印和终身监禁，后逃往英格兰。王室的这一丑闻当时轰动全国，是导致法国君主制解体和法国大革命爆发的许多因素之一。

在有关宝石的文艺作品中，柯林斯（Wilkie Collins, 1824—1889）的《月亮宝石》（The Moonstone）是最脍炙人口的作品。围绕月亮宝石失窃所展开的曲折生动的有趣故事，相信大多数读者在阅读后都有深刻的印象。

爵位制度

在这个故事中，蓝宝石的主人是莫卡伯爵夫人。我们在西方的历史和文艺作品中，经常会见到类似的头衔，我们这里作一简单介绍。

在欧洲实行封建君主制的时代，对贵族，也就是皇室的宗亲、勋戚和有功之臣按级别封赏以不同的爵位和相应的领地，成为统治阶级中享有政治、经济特权的阶层。

爵位由高到低分别是公爵（duke）、侯爵（marquess）、伯爵（count）、子爵（viscount）、男爵（baron）。在不同的国家，不同的时期，爵位的设立有所不同，但大体上是这样5个级别。公爵通常是仅次于国王或亲王的最高级的贵族，比如英国的威廉王子，在最近2011年4月29日举行"世纪婚礼"的当天，英国女王就宣布授予其"剑桥公爵"的称号，平民王妃凯特因此平步青云，成为"剑桥公爵夫人"。侯爵的地位在公爵和伯爵之间，其原意是"封疆大吏"，即管辖一处边地的伯爵，但后来的侯爵不一定就是封疆大吏了。伯爵是最普遍的一种爵位。早期，伯爵有管理一个或几个郡的行政权力，后来废除了伯爵爵位和土地之间的联系，不再有官职特点，只是小块土地的世袭领主。子爵是一个过渡性的爵位，位于伯爵以下，男爵以上。有的国家曾经实行"先封子爵"制度，即任何人在取得伯爵或侯爵称号之前必须先封为子爵。男爵是最低级别的爵位，但在某些时期，也有许多男爵在权力和拥有土地方面超过伯爵的情况。

除了以上5种爵位以外，我们经常还看到"某某勋爵"这样的称呼。勋爵是什么爵位呢？勋爵（Lord）不是一个独立的爵位，而是侯爵、伯爵、子爵、男爵的通称。当你知道对方是贵族，但不知道是什么爵位时，你可以笼统地称呼他为"勋爵"；尤其是如果对方是男爵，即爵位中的最低一级时，你一定要称呼他"勋爵"，而不要直呼其为"男爵"。但如果对方是公爵，你千万不能称呼他"勋爵"。

在英国，还有一种"爵士"（Knight）。爵士在古代也就是"骑士",不算贵族,是因为战功而获封土地的人。如今只作为一种荣誉称号,比如大家熟知的足球运动员、"万人迷"贝克汉姆和曼联队主帅弗格森就都有爵士头衔,弗格森并因此而被称为"老爵爷"。

一般来说,爵位都是世袭的,即某个人取得某种爵位以后,他的子孙(一般是长子)将世世代代拥有该爵位。

类似于中国古代有钱人可以买官一样,欧洲国家也有有钱人买爵位的情况。最典型的例子是在第一次世界大战中,缺乏资金的奥地利皇帝兼匈牙利皇帝弗朗茨·约瑟夫(Emperor Franz Joseph, 1830—1916)公开向富有的资产阶级出卖爵位。著名的"博弈论之父"和"计算机之父",美籍匈牙利人冯·诺伊曼(1903—1957)的名字中所以有表示贵族身份的"冯"(von),就是因为他的父亲,一个富有的银行家,当时买了一个侯爵margittai(相当于marquess)的爵位,因此他签名时经常以日耳曼方式写成"Johann Neumann von Margittai";而按照德国人的习惯签名时,则缩写为"von Neumann"(他在1919年共产党短暂统治匈牙利时期离开祖国到德国,后来移民美国)。

圣诞节

这是福尔摩斯探案中唯一一个发生在圣诞节的案件。圣诞节是源于西方的一个宗教节日,国内现在许多人也过圣诞节,但对它的来历和意义并不清楚,我们这里也作一简单介绍。

圣诞节（Christmas）是基督教纪念耶稣诞生的节日。耶稣的生日是哪一天，《圣经》中并无记载。公元336年，基督教教会开始规定每年12月25日为耶稣的生日，因为罗马帝国在此前规定这一天为太阳神的生日，而耶稣是"正义的太阳"，因此就以太阳神的生日作为耶稣的生日。

在圣诞节期间，家里要摆上圣诞树——常青树，因为常青树象征奋斗生存。到处张灯结彩，因为火和灯光象征温暖和长寿。唱圣诞歌，以儿童的主保圣人——也就是圣诞老人圣尼古拉（Saint Nicholas）的名义互赠礼物等活动更是必不可少的。西方的圣诞节类似于我国的春节，被当作家人团聚的节日，平时不在父母身边的子女在圣诞节期间是要赶回家去的。

在欧洲各国，有圣诞节吃火鸡（turkey）的习惯（在美国是感恩节吃火鸡）。但在这个故事中，火鸡的角色似乎被鹅代替了。

对小说的评论

这是福尔摩斯探案中第一个以偷盗、藏匿宝石为主要内容的故事。后来柯南道尔又创作了类似题材的其他几个故事，例如《六座拿破仑半身像》（在故事里，宝石被藏匿在石膏像中），都比较成功，受到读者欢迎。

小说仍然以展示福尔摩斯的推理能力开始。凭着彼得森捡来的帽子，福尔摩斯对其主人亨利·贝克的过去和现在作出了一系列猜测，后来亨利·贝克出场，证明福尔摩斯的这些猜测都是正确无误的。当然，福尔摩斯的猜测基于逻辑分析，有一定的道理，但有些分析实在勉强，不能令人信服。比如，福尔摩斯判断亨利·贝克是一个学问渊博的人，根据是帽子很大，说明他的头很大，而"脑袋长这么大的人，头脑里一定有些东西吧！"其实现代医学研究并没有证据证明人的头脑的大小同人的学问多少之间有什么必然的联系。顺便说一下，亨利·贝克学问渊博这一点是通过他在博物馆工作来说明的，而在博物馆工作也并不说明学问渊博。所以这里有不少牵强之处。

在彼得森在大白鹅的嗉囊里发现莫卡伯爵夫人遭窃的蓝宝石以后，福尔摩斯理所当然首先要查清亨利·贝克与此是否有关。为此，福尔摩斯采用在报纸上刊登失物招领广告的办法让亨利·贝克自己到贝克街来。通过对话知道亨利·贝克对蓝宝石一无所知以后，下一步的侦查方向自然就是根据鹅的来源"顺藤摸瓜"了。巧得很，在鹅的经销商那里，福尔摩斯和华生就碰到了对一只鹅的下落耿耿于怀、穷追不舍的人，而且那个人又正好是蓝宝石失窃时在现场的人，也是报案的人，这不是自己送上门的案犯吗？所以在福尔摩斯的所有案件中，这个案件可以说是侦破得最容易、抓住案犯也是最不费事的。

小说最后，赖德坦白交代了作案的前前后后，福尔摩斯放了他一马。我们看到，这已经是福尔摩斯第二次私自把罪犯放走了（上一次是在《博斯科姆比溪谷秘案》中把特纳先生放走）。你赞成福尔摩斯这样徇情枉法吗？

情节漏洞

这个案件相对简单，因此没有什么太大的漏洞，但小漏洞还是有一些的。首先，本篇的篇名是 *The Adventure of the Blue Carbuncle*，我们查字典可以看到，"Carbuncle"是"红宝石"的意思，怎么可能有什么"蓝色的红宝石"（Blue Carbuncle）呢？当然，柯南道尔在小说中借福尔摩斯之口作了如下说明："它的奇异之处在于：除了它是蔚蓝色的而不是鲜红色的之外，它具有红宝石的一切特点……"但是我们从有关宝石的资料中可以了解到，红宝石和蓝宝石都属于刚玉，其主要成分都是氧化铝，如果含有铬(Cr)，则呈红色而叫红宝石；否则则呈蓝色或除红色以外的其他颜色而叫蓝宝石。由此可见，红宝石和蓝宝石的区别仅仅在于颜色，其他特点本来就是一样的。这颗宝石既然是蓝色的，又具有红宝石（也就是蓝宝石）的一切特点，自然应该叫作蓝宝石，而柯南道尔偏要把它叫作"蓝色的红宝石"，就有些"故弄玄虚"的味道了。当然，由于这个探案故事在中文译本中无一例外均被译成"蓝宝石案"，因此我国读者是感觉不到这点的。

这个案件发生的时间也有点问题。彼得森是在圣诞节凌晨约4点钟参加完一个欢庆会以后回家的路上遇到这件奇事的，亨利·贝克怎么会在这个时候从鹅俱乐部的主人——阿尔法酒店的老板那里拿到作为礼品的鹅走在回家的路上呢？难道鹅俱乐部会在圣诞节前夕通宵狂欢作乐直至凌晨吗？

然后是"圣诞节后的第二个早晨"，华生"怀着祝贺节日的好心情，前往探望我的朋友歇洛克·福尔摩斯"，于是碰上彼得森跑来报告发现蓝宝石，当晚亨利·贝克来认领他丢失的鹅，之后福尔摩斯和华生出发去"顺藤摸瓜"，冒着凛冽的寒风奔走一通，走访了阿尔法酒店的老板和市场的鹅推销员以后，毫不费力地把罪犯带回了家，在圣诞节后的第二天一天内顺利地破了案。笔者在20世纪80年代初在德国过过两个圣诞节，据我所知，西方的圣诞节如同我国的春节，要过一个"黄金周"，商店、市场都是要歇业的。不知道是不是福尔摩斯时代不像现在，圣诞节后的第二天市场、商店就都照常营业了？

还有一个问题就是蓝宝石的出处。大概是因为中国对于西方国家来说，当时是一个神秘奇异的国度，对读者有强烈的吸引力，所以柯南道尔在小说中借福尔摩斯之口说，"这颗宝石是在华南厦门河岸上发现的，它问世还不到二十年。"这明显是柯南道尔胡编的。从资料上看，我国蓝宝石的产地确实有华南的福建、海南等，但是福建的河流有闽江、九龙江等，并没有什么厦门河！

歪嘴男人

　　世界上有许多"两面人"：他们或当面是人，背后是鬼；或满口仁义道德，满腹男盗女娼；或人前道貌岸然，人后十恶不赦……这类人由于用各种各样的手段伪装自己，把真面目掩盖起来，所以识破他们并非易事。

故事梗概

　　1889年6月的一个夜晚，凯特·惠特尼哭哭啼啼跑来请华生帮忙，原来她那吸鸦片成瘾的丈夫艾萨·惠特尼已经两天没有回家了。由于华生是艾萨·惠特尼的医药顾问，凯特又是他太太——也就是原来的摩斯坦小姐——的老同学、老朋友，华生义不容辞，连夜赶往老城区最东边伦敦桥附近的一个鸦片馆去找他。

　　在伦敦桥附近沿河岸一条污浊不堪的小巷里，华生找到了这家鸦片馆。里面灯光昏暗，乌烟瘴气，令人窒息。抽鸦片的人东倒西歪地躺在木榻上吞云吐雾。惠特尼先生邋里邋遢，面色苍白，两眼无神，憔悴不堪，一见到华生就低下头，把脸埋在双臂之间，放声痛哭起来，后悔让凯特担心受怕，表示愿意跟华生回家。

　　正在这时，华生偶然发现福尔摩斯化装成一个皱纹满面、老态龙钟的老汉也混迹在鸦片烟鬼之中，不禁大吃一惊。福尔摩斯立刻示意华生不要声张。于是华生让马车送惠特尼先生回家，自己在外面等候。不久，一位老者弯腰曲背、步履蹒跚地从鸦片馆出来，走过两条街以后，向四周迅速地打量一下，眼看寂静无人，于是站直身体，爆发出一阵尽情的大笑。

　　他们互致问候以后，华生当然急不可耐地问福尔摩斯何以如此打扮，在这么个鬼地方干什么。福尔摩斯告诉华生，他正在这里进行一场不平凡的侦查，打算从烟鬼的胡言乱语中找到一些线索。他还告诉华生，那个烟馆是沿河一带最险恶的图财害命的地方之一。他深恐内维尔·圣克莱尔是进得去，出不来啊。

内维尔·圣克莱尔是什么人，他发生了什么事？在前往李镇圣克莱尔家的路上，福尔摩斯向华生介绍了一下案情。

内维尔·圣克莱尔先生五年前在李镇购置了一所豪宅后在此居住。他显然很有钱，生活很奢侈。他逐渐和邻近的许多人交了朋友。两年前他娶了当地一个酿酒商的女儿为妻，已经有了两个孩子。他没有职业，但在几家公司有投资。照例他每天早晨进城，下午五六点钟回家，行为规矩，无不良癖好，与其他人也没有冲突。据福尔摩斯调查，圣克莱尔目前有80多英镑的债务，但在银行有200多英镑存款，因此也不存在财务问题。

上星期一，圣克莱尔先生比平时早进城，说有两件重要的事要办，还要给小儿子买一盒积木。说来也巧，当天他出门不久，他太太收到一个通知，让她到运输公司去取一个包裹，那家公司也在伦敦桥附近。圣克莱尔太太午饭以后进城，在商店买了些东西以后去取出包裹，往回走过烟馆所在的那条小巷的时候，突然听见一声惊呼，她抬头一看，发现她丈夫从三层楼的一个窗口朝下望着她，好像在向她招手。他的脸她看得很清楚，样子非常激动、可怕，他拼命向她挥手，但突然就消失不见了身影，似乎有一股不可抗拒的力量一下把他拉走了一样。她以女人特有的敏感看出他丈夫穿的虽然是出门时的那件黑色上衣，可是脖子上没有硬领，胸前也没有领带。

她确信他丈夫一定出了什么事，立刻飞奔到那座楼里——烟馆就在那座楼的底层。正要上楼，被烟馆的印度老板拦住，接着又过来了一个伙计，把她连推带搡推了出来。她心里充满疑虑和不祥的预感，正不知所措，恰好遇见几位巡警，立刻向他们求援，于是巡警们跟随她来到烟馆。尽管烟馆的印度老板再三阻拦，他们还是上了楼，进入圣克莱尔先生刚才呆过的房间，但是屋里早已空空如也，不见任何人影。事实上，在整个那层楼上，只住着一个面目可憎的瘸子。那个瘸子和印度老板都发誓说，今天下午没有任何人到这里来过。这使得巡警们无所适从，几乎要认为是圣克莱尔太太出了什么差错。正在这时，圣克莱尔太太大叫一声，猛然扑到一张桌子前，拿起上面的一个小木匣，把匣盖掀开，"哗"地倒出一堆积木来。她向警官哭诉，她丈夫今天出门前就说要给小儿子买积木，现在这里放着一盒积木，就是最明确的证据，说明她丈夫到过这里，她并没有看错，而顷刻之间她丈夫就消失了，肯定是遇到了不测。

　　这使警官感到了事态的严重性。他们立刻对所有房间进行了仔细检查。结果发现，在窗框上有斑斑血迹。在一个帷幕背后，藏着圣克莱尔先生的全套衣服，只缺上衣，他的靴子、袜子、帽子和手表也都在那里。警官们分析，圣克莱尔太太一看到她丈夫从窗口消失，立刻冲了进来，因此不可能从大门离开，而这座楼又没有别的出口，因此

烟馆的印度老板不让
圣克莱尔太太上楼

他一定是从留下了血迹的窗户跑掉的。但这扇窗户面临泰晤士河，河水当时正涨到顶点，他想游泳逃生是不大可能的。因此圣克莱尔先生到底是怎么在圣克莱尔太太的眼皮底下消失的成了一个谜。

圣克莱尔太太看到窗框上的血迹以后就晕了过去，被送回了家。

在现场的只有印度老板和那个瘸子。印度老板是个劣迹斑斑的人，但据圣克莱尔太太的说法，她一看见圣克莱尔先生从窗口消失，立即冲了进来，那个印度老板已经在楼梯口，不像是同圣克莱尔先生在一起的。那个瘸子叫休·布恩，是租住在那儿的一个乞丐，每天坐在一个墙根下，盘着腿，向过往的行人乞讨。由于是个残

布恩是一个瘸子，整天盘着腿在街上行乞

疾人，苍白的脸上有一块深深的伤疤，嘴巴歪在一边，显得极为丑陋，又极为可怜，很能赢得人们的同情，施舍给他的小钱犹如雨点般落进他身边一顶油腻的皮帽子里。很可能他是最后目睹圣克莱尔先生的人。

警方一开始犯了一个错误，没有把他拘捕起来，使他有几分钟的时间可以和印度老板串供，但错误很快得到了纠正，他被拘捕并受到搜查和审讯。警察发现他汗衫右手袖子上有血迹，问他是怎么回事，他伸出左手给他们看，说是一个手指不小心被小刀割破后沾上的，他还承认窗框上的血迹也是他留下的。此外他并无破绽，看不出他同圣克莱尔先生的失踪有什么关系。尽管如此，他还是被带到

警察局去了。

警察继续留在那所房子里，希望在河水退潮后能找到一些线索。果然，他们在退潮后的河滩上发现了圣克莱尔先生的上衣！衣服的每个口袋里都装满了硬币，共有421个便士和270个半便士！警察们猜想，很可能是圣克莱尔先生的身躯被汹涌的河水冲走了，而上衣因为装满了硬币，沉甸甸的，因此未被冲走而留在河底了。

华生听了福尔摩斯的介绍以后，感到十分惊奇，觉得这是他有生以来听到的最离奇的案件。但是他提出了一个疑问：圣克莱尔先生的所有衣服（上衣除外）都留在那个房间里，难道他光着身，只穿着一件上衣不成？

福尔摩斯回答说，这件事也许能自圆其说。假定是布恩把圣克莱尔先生推出窗外的，之后他马上想到要消灭那些可能泄露真相的衣服，于是他抓起衣服往外抛。突然他想到，衣服会随水起伏，沉不下去，因此他一下子冲到密藏他乞讨来的银钱的地方，抓起硬币尽量往口袋里塞，然后把它扔了出去。把第一件衣服——上衣扔出去以后，警察的脚步声已经到了门口，使他无法继续把其他衣服照此办理，因此就留了下来了。

华生听了以后怀疑地问，这么一个瘸子能对付得了圣克莱尔这样一个年富力强的人，并谋杀他吗？

福尔摩斯说，这是可能的。医学经验告诉我们，一肢不灵的弱点常常可以通过其他肢体的格外健壮有力而得到补偿。布恩虽然是个瘸子，但显然非常有劲，营养也很充足。

华生说，这么说来，布恩是最大的嫌疑犯了？

福尔摩斯回答说,现在只能这样假设,而且恐怕圣克莱尔先生已经不在人世了。

沉默片刻,福尔摩斯沮丧地说,本来他想通过在鸦片馆卧底,弄清布恩的历史和本来面目,哪里想到竟然一无所获。谁也不知道布恩的来历,但众口一词布恩是一个老老实实行乞的乞丐,连小偷小摸的行为都没有。圣克莱尔先生同他有什么瓜葛,怎么会到那儿去遭到谋杀呢?在自己办案的历史上,还没有哪个案件使自己如此没有头绪,束手无策。

说话间,马车已经来到李镇。圣克莱尔夫人正焦急地等待着。看见两个男人下车朝她走来,以为是福尔摩斯陪同她丈夫回来了,高兴地迎了上来。到了面前一看不是,难免有些失望,但仍然热情地欢迎他们。坐定以后,圣克莱尔夫人请福尔摩斯直截了当地告诉她,圣克莱尔先生是否还活着,福尔摩斯有些发窘,但最后还是回答说,他认为圣克莱尔先生确实死了,或许是被谋杀了。

圣克莱尔夫人进一步问,圣克莱尔是哪一天遇害的。福尔摩斯回答说,上星期一。

这时,圣克莱尔夫人拿出一封信,告诉福尔摩斯,这是她今天刚收到的她丈夫的来信,问福尔摩斯怎么解释?福尔摩斯像触电一样从椅子上跳了起来,大声吼道:"什么?"但立刻意识到自己失态了,于是恢复了平静,礼貌地要求看看这封信。信封的纸很粗糙,上面的字也很潦草。福尔摩斯看出,发信人先写了人名,但因为不熟悉地址,地址是过一会儿问了别人再写上去的。信的内容如下:

亲爱的：

不要害怕。一切都会变得好起来的。虽然一个大错已铸成，这也许需要费些时间来加以纠正。请耐心等待。

内维尔

信中还附有一只戒指，圣克莱尔夫人告诉福尔摩斯，这是她丈夫的图章戒指，并绝对肯定信是他丈夫亲笔写的，因为她熟知丈夫的笔迹，虽然笔迹有匆忙书写的痕迹。

有了这封信，再加上圣克莱尔夫人无意中说出了圣克莱尔先生在出事的当天清晨曾经割破过手指，福尔摩斯很快从迷惘中走了出来。第二天一早，福尔摩斯和华生就驱车直奔伦敦，来到关押着布恩的拘留所。值班的警官告诉福尔摩斯，布恩非常规矩，一点也不捣乱，就是肮脏极了，不洗脸，不洗澡，只肯洗洗手。当他们来到布恩所在的牢房时，布恩正在呼呼大睡。福尔摩斯从随身所带的包中取出一块很大的洗澡用海绵，蘸上水，在布恩的脸上使劲地上下左右擦了两下，奇迹出现了！布恩的脸就像剥树皮一样让海绵剥下了一层皮，那粗糙的棕色皮肤不见了，那道可怕的伤疤和歪扭的嘴唇也不见了。从床铺上坐了起来的是一个面色苍白、模样俊秀的人。福尔摩斯大声说道，"让我来给你们介绍

圣克莱尔太太告诉福尔摩斯，她收到了丈夫的信和戒指

介绍，这位是肯特郡李镇的内维尔·圣克莱尔先生"。

圣克莱尔先生睡眼惺忪，不知所以。忽然他明白过来，不觉尖叫一声，扑倒在床上，把脸埋在枕头里。华生和巡警们则惊诧万分。

被福尔摩斯用海绵剥下了面具的圣克莱尔露出了真相

稍后，圣克莱尔抬头为自己表白，说自己没有犯什么罪，而受到非法拘留。福尔摩斯严肃地说，"不犯罪，却犯了一个很大的错误！"

圣克莱尔呻吟着说，他不愿他的儿女为自己的所作所为感到耻辱。这件事讲出去多么难堪啊！自己可怎么办呢？

福尔摩斯和蔼地拍了拍他的肩膀，告诉他，只要他讲出实情，自己可以保证不把这个案件的详情公之于众，也不会提到法庭上去。于是圣克莱尔把他的身世详细地讲了出来。原来，他的父亲是一位小学校长，他自己受过极为良好的教育。青年时代的他酷爱旅行和演戏，后来在一家报馆当记者。一次，报馆决定组织一些反映大城市乞丐生活的稿件，他自告奋勇承担这一任务，不想这成了他一生历险的开端。为了收集到生动的素材，他利用自己当演员时学习过的化装技巧，把自己乔装打扮成一个残疾人，混迹在乞丐中间。他完全没有料到，这样一天下来，他竟然得到26先令4便士！这使他大为吃惊。

当然，在完成写稿的任务后，这件事也就被他置之脑后了。直到有一天，他因为为一位朋友担保了一张票据，竟接到一张传票，要他赔偿25英镑，他哪里拿得出这么大一笔钱。正在急得走投无路之际，他忽然计上心来，化装成乞丐去乞讨。只用了10天时间，就凑齐了这笔钱，清偿了债务。

受到这件事的启发，他不再安心原来那份正常的工作，辛辛苦苦却挣不到多少钱，化装成乞丐静静地坐在那里，一天就能挣2英镑，何乐而不为？当然，开始时受自尊心的影响，思想斗争还是很激烈的，但最后金钱意识占了上风。于是他抛弃了记者生活，日复一日地化装成乞丐坐在街头行乞，成为一名"职业乞丐"了。

只有一个人知道他的隐秘，那就是烟馆的印度老板。他高价租了他烟馆楼上的一个房间作为住处，早上在那里化装后出去行乞，傍晚回来。因为拿了高价房租，印度老板自然会给他严格保密，因此他的伎俩从未败露过。

由于圣克莱尔的化装术非常高明，他的残疾人形象很能引起人们的同情，加上他是知识分子出身，当过记者，很懂得一些心理学，非常善于同各种各样的人打交道，因此他行乞的收入远远比一般的乞丐多，每年能挣700多英镑。这样过了一段时间，他发现自己已经积攒起一大笔财富。于是他在郊区购置了房产，并结婚成家。妻子只知道他在城里做生意，却不知道他究竟干的是什么。

出事那天是事有凑巧，他结束了一天的营生正在窗口换衣服准备回家，偶然向窗外一望，忽然见妻子站在街心，吓得惊叫一声，立刻跑下楼，让印度老板阻止任何人上楼找他。自己返身上楼，飞快地换上那身乞丐行头，匆匆化好妆，往上衣口袋里塞满硬币，把它抛出窗外。由于用力过猛，竟又碰破了早晨在家里割破的手指。其他衣服来不及处理，他妻子已经领着警察进屋了。幸运的是，他妻子竟然没有认出他来。

他被拘捕以后，知道妻子一定焦急万分，因此偷偷写了一封信，还附上戒指，托印度老板寄给她。他没有想到，由于警察对印度老板看得很紧，他的信过了一个多星期才到他妻子手里，让他妻子担惊受怕不浅。当然，坏事变成好事，这才使他妻子请来福尔摩斯而使事情真相得以大白于天下。

背景介绍

鸦 片

故事发生在英国伦敦的一个鸦片烟馆。说起鸦片，中国人对此都有极深刻的印象，因为欧洲殖民者正是利用鸦片作为工具，对中国进行经济侵略，进而实行军事侵略，使中国沦为半殖民地。

鸦片（Opium）是用罂粟（Poppy）果实的浆汁制成的麻醉性镇痛药。其有效成分为生物碱，最主要的是吗啡。鸦片的合法用途是用于医疗，起镇痛麻醉的作用，到20世纪80年代，全世界医用鸦片的年需要量仍超过1700吨。但吸食鸦片成瘾后，会引起体质衰弱和精神颓废，缩短寿命。过量使用鸦片则可引起急性中毒，因呼吸衰竭而死亡。2008年独享格莱美5项大奖的英国女歌手、有"灵魂乐小天后"之称的艾米·怀恩豪斯，2011年7月23日在伦敦家中暴毙，年仅27岁，令全世界的歌迷扼腕叹息。其死因就是吸毒过量。这是毒品之毒、毒品之害的最新一个见证。鸦片的主要生产和出口国是印度和土耳其（故事中开鸦片烟馆的正是印度人）。

鸦片完全是"泊来品"。中国并无种植罂粟和生产鸦片的历史。唐代开始有少量鸦片流入，明代将鸦片列入药材项下征税。17世纪吸食鸦片的方法从南洋传入我国，进口猛增。清代雍正和嘉庆都曾下令禁止鸦片进口和吸食鸦片。在帝国主义列强中，葡萄牙是最早（18世纪初）发现从印度买进鸦片再贩卖到中国可以获得暴利的国家。到18世纪后期，英国取代葡萄牙，通过具有鸦片专卖和制造特权的东印度公司向中国大量销售鸦片以攫取暴利，造成中国白银大量外流，银价飞涨，严重影响国库财政。

1839年，清政府派林则徐到广东查禁鸦片。1840年6月英国为保护鸦片贸易发动侵华战争，历史上称为"鸦片战争"。1856—1860年，英、法联军又一次发动侵华战争，历史上称为"第二次鸦片战争"。两次鸦片战争的结果是清政府被迫签订丧权辱国的《南京条约》（1842年6月）和《天津条约》（1858年6月）、《北京条约》（1860年10月）。通过这些条约，英、法两国取得中国的"战争赔款"共计白银2700万两，香港被割让给了英国，列强在中国的各种各样特权都成为合法。圆明园在第二次鸦片战争中被劫掠一空后焚毁。这样的奇耻大辱中国人永远都不应该忘记。

英国的币制

故事中，提到圣克莱尔行乞的收入，有便士、半便士、先令、英镑等单位。历史上，英国的币制很特殊，与众不同，需要介绍一下。

英国的基本货币单位是镑（pound）。由于还有其他一些国家（如爱尔兰、埃及、黎巴嫩、马耳他、苏丹、叙利亚等国）也以镑为货币单位，为了区别，一般把英国的镑叫作英镑。英镑这个名称的来源是：大约在公元775年，撒克逊王国曾经发行一种叫作"斯特灵"（sterling，也就是"便士"）的银币，每240枚银币需要用一镑重的白银铸成，故取名为"镑"。诺曼人征服英国后，为便于计算，将英镑分为20先令（shilling）或240便士，从而形成了英国的基本币种。由此可见，这几种货币之间的关系如下：

1英镑=20先令=240便士

1先令=12便士

以上币制实行了一千多年，直到1971年2月15日，英国进行了币制改革，废除了先令这一币种，只保留英镑和便士，但不再以240便士为1英镑，而改为以100便士为1英镑，称为"新便士"，从而基本同国际接轨。

由于英国没有参加欧元区，因此英镑仍为国际通用货币之一。

涨潮和退潮

对于圣克莱尔先生的失踪，警官们分析，他一定是从留下了血迹的窗户跑掉的。但这扇窗户面临泰晤士河，河水当时正涨到顶点，他想游泳逃生是不大可能的。因此圣克莱尔先生到底是怎么在圣克莱尔太太的眼皮底下消失的成了一个谜。后来，他们在退潮后的河滩上发现了圣克莱尔先生的上衣，这成了警官和福尔摩斯断定圣克莱尔先生已经遇害的重要证据。河水的涨潮和退潮是怎么一回事呢？

大家都知道，条条江河归大海。对于河流的上游和中游，它总是奔腾不息往下流，最终流向大海，因此只有丰水期和枯水期的区别，没有什么涨潮和退潮。而对于河流的下游，主要是在靠近入海口的部分河段，由于大海受太阳和月亮（主要是月亮）引力变化而产生的潮汐（tide）的影响，发生海水向江河倒灌的现象，因此出现每天2次周期性的涨潮和退潮，也叫做"河口潮汐"。如图9-1所示，海水倒灌的终点叫"潮流界"；在潮流界以上，海水虽然停止倒灌，但河水被阻而仍有壅高现象，到"潮区界"，其水位才完全不再受潮汐的影响。河口潮汐的范围，也就是河流有涨潮和退潮现象的区间大小，受多种因素的影响，每条河流是不一样的。我国长江在枯水期，潮区界可上溯到距离长江口650公里的安徽大通镇，而潮流界则到江苏镇江；在洪水期，潮区界可上溯到安徽芜湖，潮流界则到江苏江阴。杭州湾的钱塘江大潮是世界上最奇异、最壮观的潮汐现象。南美洲的亚马逊河则是潮汐范围最广大的河流，其潮流界和潮区界达到800公里左右。

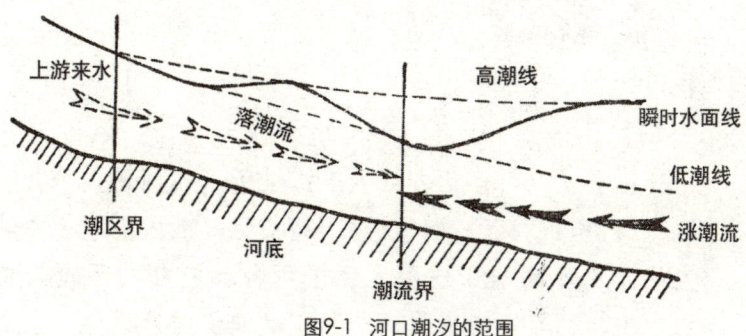

图9-1 河口潮汐的范围

  全长402公里的泰晤士河的潮流界和潮区界在哪里，我们没有查到有关资料。《光复彩色百科大典》（台北光复书局，1982）给出的数据是100公里，超出伦敦12公里。据网上资料，泰晤士河在洪水期，河水能够压住流进来的潮水，将潮水遏制在伦敦西郊特丁顿以下很远的地方，使河水连续好几天朝海的方向奔流。相反地，涨潮凶猛时也能够漫过特丁顿的拦河坝，顶住河水远至特丁顿以上3.2公里。由此可见伦敦大概在泰晤士河河口潮汐的末端，在枯水期有涨潮和退潮，而在洪水期有时可能没有涨潮和退潮。故事发生在6月，是泰晤士河的枯水期，因此有涨潮和退潮是可能的。至于退潮时伦敦桥处是否会露出河滩，因此警官能找到圣克莱尔先生的上衣，由于笔者没有到过伦敦，就不得而知了。

福尔摩斯探案评说

对小说的评论

世界上有许多"两面人"：他们或当面是人，背后是鬼；或满口仁义道德，满腹男盗女娼；或人前道貌岸然，人后十恶不赦……这类人由于用各种各样的手段伪装自己，把真面目掩盖起来，所以识破他们并非易事。在这个故事中，圣克莱尔就是这样一个两面人：他在家人和邻居面前，是一个相貌堂堂的富有绅士；而在大众面前，他是一个可怜的残疾人，是一个依靠行乞度日的乞丐。由于他出色的化装术和在应付意外事故方面的老练与机巧，连福尔摩斯这样一个经验丰富、眼光敏锐、明察秋毫的大侦探都几乎被他骗过，这在福尔摩斯的侦探生涯中是极为罕见的，以至福尔摩斯在终于醒悟过来以后对华生说，"我认为你现在正站在全欧洲最笨的一个糊涂虫面前！我应该被人们一脚从这儿踢到查林克罗斯去！"（查林克罗斯，即Charing Cross，或译查林十字，是伦敦的著名地区之一，位于泰晤士河边，白金汉宫、唐宁街10号、大英博物馆、威斯敏斯特教堂等都在该地区）。

小说的开头，华生连夜赶往老城区最东边伦敦桥附近的一个鸦片馆去找吸鸦片成瘾的艾萨·惠特尼，对鸦片馆内的境况作了细致的描述："借着灯光，我摸到门的扶手，推开门走进一个又长又矮的房间，屋里弥漫着浓重的棕褐色的鸦片烟的烟雾，靠墙摆着一排排木榻，就像移民船里甲板下的水手舱一样"。"透过昏暗的灯光，可以隐约看见东倒西歪的人躺在木榻上，有的耸肩低头，有的蜷卧屈膝，有的头颅后仰，有的下颌朝天，他们从各个角落里用他们那些失神的目光望着我这位新到来的客人"。在英国利用鸦片对我国进行经济侵略并进而进行军事侵略期间，我国许多地方也曾经遍布鸦片烟馆，制造了无数家破人亡的悲剧。这种景象我们永远不要忘记。现在，各种新型毒品泛滥，正在毒害我们的青少年，应该引起我们警惕。

这个案件确实非常离奇，也很吸引人。但有些细节交代得并不清楚。福尔摩斯参与破案一般有三种情况：受到警方的邀请（例如在《血字的研究》中）；受到当事人的邀请（例如在《四签名》中）；因为偶然因素介入（例如在《新蓝宝石案》中）。福尔摩斯是怎样介入这个案件的？小说没有交待。参与这个案件的警察连名字都没有，不可能是他们去请的。福尔摩斯和华生后来去拘留所，那里有一个值班的警官，倒是有名有姓，可他是拘留所的首长，不是负责案件侦破的，所以也不会是他请的（顺便说一下，小说最后似乎是由这名警官做主，放了圣克莱尔，这样的越权行为显然也是不合乎情理的）。小说也没有说是圣克莱尔夫人请了福尔摩斯，我们在小说中看到圣克莱尔夫人和福尔摩斯见面只有一次，那就是福尔摩斯已经在烟馆蹲了几天点，但一无所获，相信圣克莱尔先生已经遇害；而圣克莱尔夫人则刚巧收到了她丈夫的信，已经一块石头落地。为什么这样安排？也许是有道理的：如果之前让圣克莱尔夫人去请福尔摩斯，福尔摩斯势必"打破砂锅纹（问）到底"，而对丈夫的过去和现在都一无所知的圣克莱尔夫人"一问三不知"，那不是很难看吗？所以小说在这个问题上只好含糊其词了。

再有,福尔摩斯探案一般在破案以后,福尔摩斯都要向华生详细解释一番他进行推理和逻辑分析的过程。唯独这个案件结束后没有这个过程。拘留所的那个值班警官倒是很感兴趣地问了福尔摩斯,"我希望知道您是怎样得出这个答案来的呢?"福尔摩斯却不愿意详谈,只敷衍了他一句:"这个答案,是全靠坐在五个枕头上,抽完一盎司板烟丝得来的"。个中原因,大概是福尔摩斯觉得自己这样一个大侦探差点被圣克莱尔骗过,很没有面子。直到最后圣克莱尔夫人出示了圣克莱尔的信,肯定圣克莱尔没有死,那么唯一的可能就是他变身成为乞丐布恩了。这是不需要太高智力的人都可以推断出来的,因此就不值得夸耀了。

情节漏洞

这个故事的情节漏洞不少。首先,作为妻子,圣克莱尔最亲密的人之一,圣克莱尔太太竟然在结婚后也不知道自己丈夫是干什么的,从事的是什么职业,在何处公干,这是不可思议的!如果说,世界上有一些妻子被丈夫蒙蔽,以为自己的丈夫是一个正人君子,其实是一个鸡鸣狗盗之辈,这种情况并不少见;而像圣克莱尔太太那样,对丈夫在外边的情况一无所知,那实在是太出奇了。

其次,圣克莱尔夫人在城里见到他丈夫的情节问题很大。福尔摩斯向华生介绍案情时是这样说的:"如果你还记得的话,星期一那天天气十分炎热,圣克莱尔太太步伐缓慢,四下张望,希望能雇到一辆小马车,因为她发觉她十分不喜欢周围的那些街道。正当她一路走过天鹅闸巷时,突然听到一声喊叫或者是哭号,然后她便看到她的丈夫从三层楼的窗口朝下望着她,好像是在向她招手,她吓得浑身冰凉。那窗户是开着的,他的脸她看得很清楚,据她说他那激动的样子非常可怕,他拼命地向她挥手……"

而内维尔·圣克莱尔后来自己的供述中却是另外一种说法:"……我刚结束了一天的营生,正在烟馆楼上的房间里换衣服,不料向窗外一望,忽见我妻子站在街心,眼睛正对着我瞧,这使我惊恐万状。我惊叫一声,连忙用手臂遮住脸……"这两种说法差别很大。按照福尔摩斯的说法,是圣克莱尔先见到他夫人,惊叫起来,引起他夫人的注意,抬头见到她丈夫。按照圣克莱尔自己的说法,是他妻子先看见他,使他惊恐万状。我们来分析一下这两种情况。

如果是前一种情况,似乎不太合理,因为圣克莱尔在那里干乞讨的勾当是偷偷摸摸的,生怕他家人知道。一旦发现他夫人在外面,理应立刻躲藏起来,以免被发现。怎么反而惊叫起来,还拼命地向她挥手,以致暴露了自己,然后才躲藏起来呢?也许有人说,事出偶然,惊慌失措,也是可能的。如果是常人,这说得过去;但圣克莱尔可不是常人,是个"老江湖",见过大世面,遇到一点意外就如此惊慌失措,就不大可信了。

如果是后一种情况,也说不过去,因为福尔摩斯说得很明确,圣克莱尔太太十分不喜欢周围的那些街道,因此正在四下张望,希望能雇到一辆小马车。在这种情况下,她的眼光应该是向四周看的，而不应该向上看，她怎么可能看到楼上的丈夫呢？

总之，不管按照小说中的哪种说法，"圣克莱尔太太巧遇丈夫"这个情节显然不太真实。

我们再分析其后的情节。圣克莱尔在卸装以后吃惊地发现他的太太正在楼下看着他，生怕真相暴露，立刻采取了三项紧急措施：跑到楼下让印度老板阻止任何人上楼找他；重新化装成乞丐；在上衣口袋里塞满硬币以后抛到窗外。这三项措施要是做起来可是要花不少时间的，尤其是化装这一项。笔者对化装没有什么概念，只听说当今的白领女性每天早上用在化妆（还不是化装）上的时间就不少；笔者本身只有过一次经验：在中央教育电视台的《大学书苑》栏目做一则访谈节目时，化妆师给自己脸部做简单化妆，就花了好几分钟！因此，圣克莱尔要在自己长得端正的五官和白净的皮肤的脸上，制造出一道深深的疤痕和一张歪歪扭扭的嘴巴，皮肤又要变得十分粗糙，可不是易事，不是一时半会儿就可以完成的。而且，他妻子势必要上楼（这是他这个作丈夫的肯定会料到的），印度老板按他的盼咐能挡驾多长时间，非常难说，因此他必须要抓紧时间，在最短的时间内完成化装，而容不得他慢条斯理，从容不迫地去化装。在这种情况下，他居然化装得十全十美，一点破绽都没有，连自己的老婆都没有识破，这不是很难令人信服吗？果真如此的话，说明圣克莱尔的心理素质十分过硬，遇事不慌，那就更证明了我们前面的分析，圣克莱尔在发现妻子就在楼下时如此惊慌失措这个情节是很不真实的。

其次，化装需要不少化装用品和化装工具，尤其是像圣克莱尔那样复杂的化装。实际上，圣克莱尔租用烟馆楼上那个房间，主要就是用作化装间的。圣克莱尔夫人在房间里发现积木以后，进一步肯定了自己在楼下看见的是自己的丈夫，警察感觉到了事态的严重性，对房间进行了彻底的搜查，发现了圣克莱尔先生的衣服，还有窗台上的血迹，怎么就偏偏没有发现化装用品和化装工具呢？这又是叫人难以理解的事。

我们看到，在福尔摩斯探案中，化装是柯南道尔常用的一种手段。到这里为止，我们总共见过9次化装。在《血字的研究》中，侯波的朋友化装成一个老太婆到贝克街领走了侯波遗失的戒指。在《四签名》中，印度北方一个王公的仆人化装成商人到阿格拉堡藏宝。在《波希米亚丑闻》中出现了多达4次化装：波希米亚国王化了装来见福尔摩斯；福尔摩斯先是化装成马车夫去调查；然后又化装成新教牧师去又导又演了一场闹剧；艾琳在上了福尔摩斯的当以后化装成一个男青年跟踪福尔摩斯到贝克街。在《身份案》中，温迪班克先生化装成一个温文尔雅的青年同自己的继女谈情说爱、谈婚论嫁。在现在这个故事中，圣克莱尔先生化装成乞丐瞒天过海（不但瞒过了芸芸众生，还瞒过了自己的妻子，甚至差一点瞒过了福尔摩斯！）；福尔摩斯为了解开圣克莱尔先生的谜团化装成一个老烟鬼混迹在烟馆中（后面在《巴斯克维尔的猎犬》中，我们还将见到一次化装：斯泰普顿先生化装成一个长着大胡子的人跟踪初来乍到的亨利爵士）。在这些化装中，作为辅助情节出现的化装，一般问题都不大；而作为主要情节出现的化装，即温迪班克先生的化装和圣克莱尔先生的化装，则都不太合情合理，漏洞较大。您说是不是？

最后，在毫无证据的情况下（其实证据还是有的，那就是在窗台上发现了血迹，而且圣克莱尔承认是自己的手指被割破后弄上去的。但是柯南道尔"巧妙地"让圣克莱尔夫人一见到窗台上的血迹就晕了过去，被警察送回了家。否则在乞丐布恩出示自己被割破的手指的时候，圣克莱尔夫人可能就会想到这就是自己的丈夫了），乞丐布恩被当作嫌疑犯抓了起来，而印度老板却平安无事，这也是不可思议的。出事的现场一共就两个人：房东——印度老板和房客——乞丐布恩，如果要作为嫌疑犯抓起来，首先该抓的理当是房东而不是房客，怎么反而抓了房客而放过了房东呢？显然，这又是柯南道尔的"巧妙地"安排，以便圣克莱尔在拘留所写给太太的信可以托付给他去寄出。

巴斯克维尔的猎犬

　　柯南道尔在这部长篇小说中采用的开局手法同前两部一样，仍然以展示福尔摩斯的逻辑推理能力开始。这次是就莫蒂默医生头天晚上来访不遇，忘了带走的一根手杖，同华生猜测访客是个什么样的人。同福尔摩斯相处几载以后，华生在推理能力方面大有长进，但仍然不敌福尔摩斯。

福尔摩斯探案评说

故事梗概

故事发生在19世纪80年代中后期，英国德文郡达特穆尔地区巴斯克维尔庄园。巴斯克维尔是当地的名门望族，有很悠久的历史，现主人查尔斯·巴斯克维尔爵士在南非淘金发了大财后见好就收，继承了巴斯克维尔庄园的遗产并在此定居，刚刚2年。他是个单身汉，为人仗义，乐善好施，深得当地民众爱戴。与他经常来往的有他的密友兼私人保健医生莫蒂默，拉夫特庄园的主人、业余天文爱好者弗兰克兰，梅利皮特宅邸的生物学家斯泰普顿及其妹妹。当年5月的一个傍晚，查尔斯爵士突然在其庄园面向一大片沼泽地的栅门附近暴毙，引起当地民众的极大恐慌。

几个月以后，莫蒂默大夫作为查尔斯爵士遗嘱的受托人和执行人前来向福尔摩斯请教和求助。莫蒂默透露了一些有关查尔斯爵士死亡原因和不为人知的秘密：查尔斯死前曾经在栅门附近停留约10分钟，似乎在等什么人，周围有一只大猎犬的爪印。在此之前3个星期，他也目睹查尔斯被远处出现的类似的怪兽吓得魂飞魄散的情景，查尔斯并因此向他出示了家族遗留下来的一份古老的文书，这份文书描写了200多年前，巴斯克维尔家族的先祖休戈·巴斯克维尔在沼泽

巴斯克维尔家族遗留下来的一份古老的文书描写了先祖休戈·巴斯克维尔在沼泽地中被一条极大的猎犬凶残地咬断喉咙死去的惨剧

巴斯克维尔的猎犬

地中被一条极大的猎犬凶残地咬断喉咙死去的惨剧。查尔斯把这份文书交给莫蒂默保存，显得忧心忡忡，大有大祸即将来临之感。为此，莫蒂默建议查尔斯外出旅游以减轻精神压力，不想在出发前一天的晚上厄运降临。

查尔斯死后，经过调查，其遗产继承人为查尔斯胞弟的一个儿子亨利·巴斯克维尔，在美洲经营农场。再过一个小时，亨利就将到达滑铁卢火车站。莫蒂默问福尔摩斯，他该怎么办？福尔摩斯让莫蒂默第二天带亨利来见他。

亨利新来乍到就收到匿名信；放在旅馆房间门口刚买的一双新鞋也丢了一只

第二天他们一到福尔摩斯寓所，亨利就诉说了他初来乍到就遇到的几件奇事：放在旅馆房间门口刚买的一双新鞋就丢了一只；收到一封匿名信，内容是"你面临生命危险必须谨慎不可近沼泽地"，但除了"沼泽地"这个词是手写的外，其余的词都是从印刷品上剪下来贴在信纸上的。福尔摩斯凭他的观察和推理能力，断定这封匿名信是某个人在旅馆里用当天的《泰晤士报》剪贴成的，即秘密地派一个同他有合作关系的密探到匿名信寄发邮局附近的所有旅馆去查找剪破的《泰晤士报》，以便找到发匿名信的人。

福尔摩斯还意识到亨利一下火车

福尔摩斯和华生发现一个长着浓密胡子的男人在跟踪亨利

159

就有人在跟踪，于是在他们离开贝克街后，同华生一起悄悄跟在后面观察，果然发现有一辆马车在跟踪亨利他们，里面是一个长着浓密胡子的男人。而那个男人十分机警狡猾，很快也发现了福尔摩斯和华生，立刻让马车飞快驶离。福尔摩斯猝不及防，附近又没有马车，只能眼睁睁地看着这辆马车从自己的视线中消失。还好他记住了马车的车号。

当应约去和亨利共进午餐时，问莫蒂默在巴斯克维尔周围有没有长着浓密胡子的男人，莫蒂默告诉福尔摩斯，巴斯克维尔庄园的总管巴里莫就是一个大胡子。虽然福尔摩斯怀疑跟踪亨利的那个人的大胡子是化装的，但福尔摩斯仍让亨利以"即将到达，请做好准备"为名给巴里莫发一个电报，同时给电报局局长发报，请他务必把上述电报交给巴里莫本人亲收，以便考察巴里莫是否在庄园。与此同时，福尔摩斯得知亨利丢了的那只新鞋莫名其妙地回来了，而同时却又丢了一只旧鞋。

当晚，密探回复没有找到任何剪破的《泰晤士报》，电报局局长回复已经把电报交给巴里莫本人亲收，而福尔摩斯根据记下的车号把跟踪亨利的那辆马车的车夫找来以后，他告诉福尔摩斯，用重金雇他马车的那个人叫"福尔摩斯"，这是在让他疾驶到火车站，下车进站前，那人回头跟他说的。这一切使福尔摩斯认识到确实有一个针对亨利的罪恶阴谋正在酝酿之中，而且对手非常奸诈狡猾。为此，他安排华生陪同亨利前往巴斯克维尔庄园，并叮嘱华生寸步不离亨利，严密保护，同时把所了解的情况随时报告给他，自己则宣称有事不能离开伦敦，实际上偷偷在巴

巴斯克维尔的猎犬

斯克维尔庄园附近的沼泽地藏身，暗中进行调查和密切监视巴斯克维尔庄园的动向。这件事连华生都被蒙在鼓里。

华生到巴斯克维尔庄园后，发现从伦敦发给巴里莫的电报实际上并没有交到本人手中，而是交给了他的太太——巴斯克维尔庄园的管家妇，这样，对巴里莫的怀疑并不能消除。而且，华生发现巴里莫太太经常在夜里啼哭，而巴里莫本人则经常在夜里偷偷摸摸地行动。一天深夜，当巴里莫又一次在面向沼泽地的房间窗户前发灯光信号时，被华生和亨利逮个正着。巴里莫坚称自己没有做什么坏事，但坚决拒绝说出实情。亨利气愤地要解雇巴里莫。在这种情况下，巴里莫太太出面道出了真相。原来，最近从附近的王子城监狱逃跑的犯人塞尔登正是巴里莫太太的亲弟弟，他藏匿在沼泽地中，由巴里莫夫妇提供食物和生活必需品。他们通过灯光信号进行联络。巴里莫夫妇告诉华生和亨利，他们已经安排塞尔登近期到南美洲去，不会再对人们造成危害，请他们不要告发，否则不但塞尔登没有活路，他们也要被牵连进去。亨利答应了他们的请求。

生物学家斯泰普顿兄妹的言行引起华生的极大注意。斯泰普顿告诉华生，他曾

华生和亨利逮住正在面向沼泽地的房间窗户前发灯光信号的巴里莫

华生在乡间小路上第一次偶遇斯泰普顿小姐

161

经在英国北部办过一所圣奥立弗私立小学，后来破产了，只得到这里来从事他热爱的生物学研究。言谈中，斯泰普顿表示出对查尔斯死亡的极大关注，而且竭力渲染沼泽地的恐怖和猎犬的可怕。当华生在乡间小路上第一次偶遇斯泰普顿小姐时，她没头没脑地就冲华生嚷道："快回去！快回伦敦去，马上就走！"原来她误把华生当成亨利了。而亨利一见斯泰普顿小姐，就为她的美貌倾倒，爱上了她。一次，竟然大胆地向她求婚，被斯泰普顿发现后受到严厉指责，十分尴尬。

华生发现，除了逃犯塞尔登藏身在沼泽地以外，还有一个身材修长的神秘人物藏身在沼泽地中，这使他大惑不解。

由于亨利答应不告发塞尔登，巴里莫为了表示感谢，提供了一条有关查尔斯爵士死亡的重要线索：当天，查尔斯收到过一封女人的来信，让他晚上10点在面向沼泽地的栅门处等她，落款是L.L.。作为回报，亨利把一些旧衣服给了巴里莫，而巴里莫则把这些旧衣服给了塞尔登。

莫蒂默告诉华生，周围人中，姓名的词头缩写是L.L.的女人只有弗兰克兰的女儿劳拉·莱昂斯，住在特雷西镇。她由于违背父亲的意愿，嫁给了一个艺术家，同父亲闹翻，而那个艺术家后来又抛弃了她，因此处境艰难，靠查尔斯、斯泰普顿和莫蒂默等人的接济，勉强开了间打字铺为生。为了揭开真相，华生去特雷西镇拜访劳拉·莱昂

亨利爱上了斯泰普顿小姐，向她求婚，被斯泰普顿发现后受到严厉指责

斯。劳拉·莱昂斯承认查尔斯爵士死去当天收到的信是她为了向他求取资助写的，但她拒绝说明为什么要那么晚才去见查尔斯爵士，而且要在栅门处见面，又为什么要查尔斯爵士看过信后把它烧掉。当晚她没有去赴约，是因为从别处获得了资助。对于查尔斯爵士的死亡，她声称也是第二天才听说的，丝毫不知道详情。

华生失望而返，途中经过弗兰克兰的家，通过他架设在屋顶的天文望远镜正好看到有一个小孩循着一条小路给那位神秘人物传送物品。华生当即深入沼泽地去探访，以便弄清真相。却不料那位神秘人物就是福尔摩斯！福尔摩斯告诉华生，根据斯泰普顿曾经在北方当过小学校长，他已经通过教育部门查清斯泰普顿是个假名，他原名范德勒，而所谓的他的妹妹实际上是他的太太。所有疑点都已明确无误地集中到了斯泰普顿身上，关键证人则是劳拉·莱昂斯。

华生去特雷西镇拜访劳拉·莱昂斯，但一无所获

正当福尔摩斯与华生交谈时，突然传来令人毛骨悚然的猎犬的尖厉的嚎叫声和人的恐怖的惨叫声，福尔摩斯和华生立刻冲了出去，但为时已晚，穿着亨利衣服的一个人已经倒地身亡。仔细一看，原来是那个逃犯塞尔登。正在这时，斯泰普顿也赶了过来，知道死去的不是亨利而是塞尔登，失望之情显

猎犬把逃犯塞尔登咬死，使斯泰普顿十分失望

福尔摩斯探案评说

而易见，但仍然十分镇定。他转而邀请福尔摩斯和华生到他家去，被委婉拒绝。福尔摩斯告诉斯泰普顿，自己明天有要事必须回伦敦，以此麻痹斯泰普顿。

　　福尔摩斯和华生到巴斯克维尔庄园后，和亨利共进晚餐。福尔摩斯偶然注意到，在巴斯克维尔先祖的画像中，那个无恶不作的休戈的脸同斯泰普顿的脸惊人的相似。这使他进一步明白了斯泰普顿是巴斯克维尔家族的后裔，其阴谋是篡夺财产继承权。对于斯泰普顿邀请亨利和华生明天去他家共进晚餐，他做了周密的布置：让华生借口要和自己一起回伦敦而推托，让亨利孤身一人到斯泰普顿家后把马车打发回家，让斯泰普顿知道亨利会穿过沼泽地步行回家。

　　第二天一早，福尔摩斯和华生离开巴斯克维尔庄园后直接去特雷西镇的打字铺找劳拉·莱昂斯。当福尔摩斯告诉劳拉，斯泰普顿的所谓妹妹其实是他的太太后，劳拉坚固的防线立刻土崩瓦解。她悲愤地和盘托出了斯泰普顿那个恶棍如何欺骗她，说什么只要她同丈夫正式离婚，他就会娶她，因此他让她写信给查尔斯爵士要求一笔资助，以便了结她和丈夫的婚姻，那封信完全是由斯泰普顿口授的。当晚，他又阻止她去赴约，说向别人要钱很伤他的自尊心。查尔斯爵士暴死后，斯泰普顿又威胁她不许把给查尔斯爵士写信、约会的事说出来。至此，福尔摩斯对案情的分析、判断已经完全获得证实。

福尔摩斯和华生拜访劳拉·莱昂斯，告诉她斯泰普顿的所谓妹妹其实是他的太太后，劳拉坚固的防线立刻土崩瓦解

巴斯克维尔的猎犬

当晚，亨利赴梅利皮特宅邸与斯泰普顿共进晚餐后的事态发展完全如同福尔摩斯的预计，但沼泽地突然升起的大雾以及猎狗出乎想象的凶残、可怕多少影响了他的计划：当"体躯硕大无比，浑身漆黑如煤炭，张大的狗嘴里喷发着火焰，两只狗眼忽闪忽闪冒着火光，嘴鼻、颈毛、脖子下也都是火"的猎狗直扑他们而来的时候，连见多识广、无所畏惧的福尔摩斯和华生都不禁打了个寒战，以致稍一迟误，猎狗已越过他们埋伏的地点，直奔亨利而去，把亨利扑倒在地。幸好福尔摩斯迅速赶到，连发数枪，把它击毙，亨利才只受到一些惊吓而没有受伤。

大雾中，一只凶残、可怕、硕大无比的猎犬越过福尔摩斯和华生直扑亨利

救起亨利以后，他们对梅利皮特宅邸进行了搜索，斯泰普顿已不见踪影，而他的太太则因为反对他的倒行逆施而被他绑起来关在一个房间里。被解救以后，她说，斯泰普顿一定逃到沼泽地中央的一个小岛上去了，通过沼泽地到达这个小岛只有一条他们两人才知道的秘密小路，小路两旁插着树枝作标记。但在这样的大雾天气下，树枝标记根本不可能看清，斯泰普顿凶多吉少。她带着福尔摩斯他们沿着这条小路搜索了一遍，途中看到了被斯泰普顿丢弃的亨利的旧皮鞋，但始终没有找到斯泰普顿，看来这片被他利用来作为施展阴谋的沼泽地最终成了埋葬他自己的坟地。

在梅利皮特宅邸，福尔摩斯们发现并解救了被斯泰普顿绑起来关在一个房间里的斯泰普顿夫人

165

福尔摩斯探案评说

背景介绍

德文郡的沼泽地

故事发生在英国西南部德文郡的沼泽地这样一种特殊的地理环境下。所谓沼泽地是一种特殊的自然综合体,土壤常为水所饱和,地表常年积水,表层生长着沼生植物和湿生植物,下层有泥炭化和腐殖质化过程。其起源是多种多样的,有些是由于水体（湖泊、河流、水库等）的退化,有些是由于陆地（草地、森林、冻土等）的退化。

关于沼泽地,我们大多数人最早是在中国工农红军长征途中过雪山草地的故事中获得第一个印象的。许多红军战士把生命留在了草地上,而所谓草地其实就是沼泽地。20世纪80年代,苏联出品的描写卫国战争的电影《这里的黎明静悄悄》让我们对沼泽地有了一个更加深刻的认识。影片中,回部队去报信的那个慌慌张张的女战士在挣扎中被沼泽地无情吞没的场景相信给每一个观众心里都留下了无比的震撼。

英国西南部德文郡属泥盆纪（Devonian Period）地质,形成于4.4亿—3.6亿年之前,实际上"泥盆"这个词就源于"德文"（Devon）的日文汉字音译。这种地质构造多泥炭沼泽。尤其是在达特穆尔地区,其名称Dartmoor的moor意思就是潮湿的泥炭沼泽。《巴斯克维尔的猎犬》这个故事就发生在这样的沼泽中。华生到巴斯克维尔庄园后目睹了一匹马淹死的过程:"在那绿色的苔草丛中,有个棕色的什么东西,是一匹马,正一上一下不住地折腾,挣扎。脖子拼命伸长了在痛苦地扭动,随后发出一声绝望的嘶鸣,吼声在沼泽地上回响,吓得我浑身透凉"。沼泽地的恐怖由此可见。

另一方面,沼泽地本身具有生物多样性,资源丰富,其自然条件又对周围的环境、气候、生态等有很大的影响和调节作用。斯泰普顿作为生物学家选择巴斯克维尔庄园,当然主要是为了实现阴谋,而作为生物学家,同时也为其研究和收集蝴蝶标本提供了条件。福尔摩斯在总结案情的时候提到,"我在大英博物馆还了解到,他(指斯泰普顿)在这一门学问的领域里还算是个有点名气的权威呢,而且有一种蛾,是他在约克郡的时候首先发现,做出研究的,所以命名范德勒,作为专门名称。"

英国政府已把达特穆尔地区的1600平方公里开辟为国家公园,是英格兰地区的9大国家公园之一。其中就如小说中描写的那样,保存着许多史前遗迹和铁器时代遗留下来的不少堡垒,是英格兰最荒芜的地区之一。

南非和英国对南非的殖民统治

在这个案子中,巴斯克维尔庄园被谋杀的前主人查尔斯·巴斯克维尔爵士,是一个在南非淘金发了大财的人。这涉及南非和英国对南非的殖民统治,我们作简要的介绍。

南非位于非洲大陆的最南端,东、南、西三面被印度洋和大西洋所环抱,在苏伊士运河开通以前,是欧洲从海上通往东方的必经之地,战略地位十分重要。前面我们曾经提到，最早到达南非的是荷兰人，1487年，巴托洛苗夫·蒂阿斯（Bartholomew Diaz）航行到了非洲的最南端，他把那里命名为"好望角"（The Cape of Good Hope）。10年以后，也就是1497年，另一位船长达·伽马（Vasco da Gama，1460—1524）利用蒂阿斯留下的资料，顺利到达好望角，并继续前进，终于到达印度的西南海岸，沟通欧亚的海上航线终于实现。从17世纪中期开始，大批欧洲人，尤其是荷兰人和英国人向南非移民。1867年，在南非发现了钻石，1884年在南非发现了黄金。这两项发现更是吸引大量欧洲殖民者蜂拥而至。从时间上推算，查尔斯·巴斯克维尔爵士应该是最早去南非淘金的英国人之一。后来，为了争夺对南非的统治权，英国政府于1899—1902年之间发动了对南非的荷兰人后裔的战争，史称"布尔战争"（Boer War），因为南非的荷兰人后裔称为"布尔人"。布尔战争以后，英国取代荷兰，成为南非的霸主。1910年，英国把南非的4个省合并，组成"南非联邦"，作为英国的自治领地。南非人民在曼德拉的领导下，经过长期斗争，终于在1961年取得独立，成立了南非共和国，并退出英联邦。

柯南道尔在布尔战争中是英国政府战争政策的狂热支持者和辩护者，并因此获得爵士爵位。

目前，南非经济发展很迅速。美国经济学家提出"金砖"国家的概念时，只包括4个国家，即巴西（Brasil），俄罗斯（Russia），印度（India），中国（China），这4个国家的词头组成"BRIC"，同"砖"（brick）的发音一样，"金砖"国家的概念由此而来。目前，南非（South Africa）也加入了"金砖"国家的行列，"BRIC"变成了"BRICS"。

狗和猎犬

在本文中，犯罪分子是利用猎犬作为工具来实行其计划的。这里我们对狗和猎犬也作一简单介绍。

狗在动物学的分类中属于哺乳纲、食肉目、犬科。其特征为有强腭、利齿、健腿，嗅觉和听觉都很灵敏。狗勇敢、坚毅、有忍耐力、忠诚而殷勤，非常聪明机警。

根据中国和瑞典科学家的联合研究结果表明，狗是一种十分古老的动物，起源于中国以及周边地区，也就是东亚地区，而非原先认为的中东地区。大约在1.5万年以前，东亚地区的人就已经把某些狼种驯化成狗，然后推广到欧、美。至于一些特殊的狗品种，推广到欧、美的时间就更晚了，比如哈巴狗，就是八国联军侵略中国期间，从颐和园中带走5只哈巴狗到英国，才在欧、美流行起来的。

许多动物都可以做人类的宠物，但绝大多数的人选择狗作为自己的宠物，因此狗被认为是人类最好的朋友。

根据用途，狗可分为猎犬、玩赏犬、科学实验犬等等。猎犬可用于狩猎、警戒、缉毒等场合。我国东汉时期的画像石上，就有晋灵公放犬的画，见图10-1，可见我国早就发现了猎犬的这一用途。

猎犬又有许多种。这个小说中，斯泰普顿用的是哪种猎犬呢？原文是这样的："It was not a pure bloodhound and it was not a pure mastiff, but it appeared to be a combination of the two—gaunt, savage, and large as a small lioness"。《福尔

图10-1 东汉画像石晋灵公放犬

摩斯探案集》翻译为"它不是纯种血猩，也不是纯种的獒犬，倒像是这两类的混合种，外貌可怕而又凶暴，并且大得像个牡狮"。

被翻译为"血猩"的bloodhound一般译为"寻血猎犬"，又称大警犬，是嗅觉最灵敏的一种猎犬，其特征为耳大且下垂，体高达58-69厘米，体重36-50公斤，如图10-2所示。

图10-2 寻血猎犬

被译为"獒犬"的mastiff又叫"大驯犬"，个头比寻血猎犬还要大，体高达70-76厘米，体重75-84公斤，是力气最大的一种猎犬，如图10-3所示。

图10-3 獒

獒在我国古代书籍中就有记载，《尔雅·释畜》中说，狗四尺为獒（当然古代的尺比较小，四尺大约是半个人的身高）。著名的元人杂剧《赵氏孤儿》（我们在京剧舞台上经常能看到这出戏；最近又被陈凯歌搬上了银幕，被国家大剧院搬上了歌剧舞台）中，屠岸贾就训练了一条神獒来谋害赵盾。我国西藏地区有一种獒，叫"藏獒"（Tibet mastiff），因为濒临灭绝，引起世人关注，现在名气很大。

斯泰普顿用寻血猎犬和獒的杂交品种，加之用磷涂在这个庞然大物的面部和身上，让它闪闪发光，难怪查尔斯爵士和逃犯塞尔登见到这样的怪物都被吓破了胆。

电灯的发明和推广

柯南道尔创作这部小说的时候，电灯刚问世不久，正在开始推广应用阶段，他把这个新事物的出现反映在小说中。亨利到达巴斯克维尔庄园后，首先来到查尔斯爵士出事的地点，"一条林荫住宅路。老树枝桠在我们头顶交织，形成一条阴暗的拱道。亨利抬头向长长暗暗的车道望过去，在深深的尽头，见一幢房屋，如幽灵般亮出火光，他不由得一哆嗦"，于是他说：

"怪不得伯父总感觉到有祸事要临头，是这样的地方，难怪啊。谁来都会寒心。我要在六个月之内，给这儿拉上一行电灯，将天鹅牌、爱迪生牌的一千支光灯泡，装在大厅前，你就认也认不得了。"那么，电灯是何时、由何人发明的呢？

电灯的发明是人类在电磁学方面的科学研究的一系列成果的结晶之一。但人类对电磁的研究和利用经历了漫长的过程。人类很早就注意到自然界中电磁现象的存在了。早在公元前650—550年，古希腊人就发现摩擦琥珀能够吸引小而轻的物体。公元前大约250年，我国已经有应用指南针的记载，说明我们的先人已经知道利用磁铁的极性。但此后的近2000年间，受人类认识能力和生产水平的限制，这方面的研究没有什么进展。

到了17世纪，资本主义兴起，科学技术开始突飞猛进。1600年，英国的一个为王室服务的御医威廉·吉尔伯特（William Gilbert，1540—1603）发现，不只琥珀，许多其他物体通过摩擦都可以吸引小而轻的物体，他把这种现象称作"电"，这是"电"这个名称的首次使用。

又过了100多年，1729年，英国的格雷（S. Gray，1670—1736）发现"电"可以通过铜丝传输。1734年，法国人杜法伊（C. F. de DuFay，1689—1739）发现摩擦玻璃棒和摩擦胶木棒产生的电是不一样的，而且相同的电相互排斥，不同的电相互吸引。这两项发现使人们对电的性质的认识大大前进了一步。

1746年，杰出的政治家、外交家、作家、科学家和发明家富兰克林（Benjamin Franklin，1706—1790）开始研究电学，经过几年努力，于1751年出版《电学的实验和研究》一书，建立了电学的基本理论体系。他还在风雨中冒险进行风筝试验，证明雷电是一种放电现象，并发明了避雷针。

1785年，法国人库仑（C. A. de Coulomb，1736—1806）发现电荷作用定律。

进入19世纪，人类在电磁方面的发现和发明明显加速。

1800年，意大利人伏打（C. A. Volta，1745—1827）发明世界上第一个电池——伏打电堆，人类从此告别静电时代，可以利用电流为人类服务。

1820年，丹麦人奥斯特（H. C. Oersted，1777—1851）发现电流的磁效应，第一次揭示了电和磁之间的密切关系。

1821年，英国人法拉第（M. Faraday，1791—1867）在奥斯特发现的基础上提出了"从磁产生电"的设想。

1822年，法国人安培（A. M. Ampere，1775—1836）发现同向平行电流互相吸引，异向平行电流互相排斥。

1825年，安培提出安培环路定律，德国人欧姆（G. S. Ohm，1787—1854）发现欧姆电阻定律。

1830年，美国人亨利（J. Henry，1797—1878）发现自感现象，并发明了强力电磁铁。

1831年，法拉第经过10年探索，终于完成了对电磁感应现象的研究，提出了电磁感应定律，创造出世界上第一台感应发电机，人类从此打开了电能宝库的大门。他还证明了电的普遍性（1833年），发现了电解定律（1834年），发现了静电屏蔽现象（1836年），首次提出了物理学上十分重要的"场"和"力线"的概念。

1837年，美国人莫尔斯（1791—1872）发明莫尔斯电码，制成世界上第一台实用的电报机，这是电对于人类进步和文明发展具有重大意义的第一项实际应用。这我们已经在前面介绍过了（见《血字的研究》）。

1840年，英国人焦耳（J. P. Joule，1818—1889）通过实验测定了电流的热效应，这为电给人类带来温暖、热量、光明方面的发明诸如电灯、电炉等奠定了基础。焦耳后来还发现了磁致伸缩现象。

1862年，出生在英国苏格兰的麦克斯韦（J. C. Maxwell，1831—1879）提出电磁理论，并且预见到电磁波的存在。3年以后，他发表《电磁场动力学》，完善麦克斯韦方程组。1873年，其耗费毕生精力的巨著《电磁学》两卷问世。

同年，俄国青年工程师鲁德金（1847—1923）发明白炽电灯，但未能达到实用水平。

1875年，同样出生在苏格兰的美国人贝尔（A. G. Bell，1847—1922）发明电话，时年28岁。

1877年，爱迪生（T. A. Edison，1847—1931）发明唱筒式留声机。德国人西门子（Siemens，1816—1892）发明动圈式扬声器。

1879年，爱迪生经过对1600多种材料的试验，终于发明了世界上第一个实用的灯泡，1882年，生产出第一批电灯，在纽约建立了发电厂，首批电灯用户只有200户，但人类有一半时间生活在黑暗中的历史从此开始彻底改变。

对小说的评论

在某些版本中，这个小说的开头有如下一则"敬献"：

敬 献
《巴斯克维尔的猎犬》

给亲爱的鲁宾森，承蒙你向我讲述西部乡间一则传闻，启发我构思出这篇小说，并在故事情节上给我提出宝贵意见，给予很多帮助，特此致以衷心感谢。

你最忠诚的
A．柯南道尔

鲁宾森是一名记者，是柯南道尔的高尔夫球友。1901年在皇家林克斯饭店向柯南道尔讲了一个在达特穆尔荒原幽灵猎犬嚎叫的传说。故事说，一个被控不贞的女人被嫉妒的丈夫追赶，逃到荒原后被丈夫刺死，惨不忍睹。后来她养的忠心耿耿的猎犬袭击了这个男人，将他咬死后倒在了女主人身旁。鲁宾森告诉柯南道尔，直到现在，在荒原鬼影幢幢的月夜里，人们还可以听到猎犬悲惨的嚎叫声。

这个故事激发了柯南道尔的想象力，他立刻和鲁宾森一起赶到了达特穆尔地区，了解当地的风土人情。柯南道尔在此基础上写出了《巴斯克维尔的猎犬》。据说巴斯克维尔这个名词是当时为他们赶马车的车夫的名字。

柯南道尔创作的福尔摩斯探案，绝大多数属于短篇，只有3部长篇（按照文学上的标准，大概只能算作中篇），就是前面已经介绍过的《血字的研究》和《四签名》，以及这一篇《巴斯克维尔的猎犬》。《巴斯克维尔的猎犬》写成后，1902年在《海滨杂志》上刊出，其时柯南道尔已经让福尔摩斯在和莫里亚蒂的搏斗中堕入深渊死去，尚未在《空屋》中复活，因此福尔摩斯在《巴斯克维尔的猎犬》中的复出使读者为之疯狂，而这个案子的离奇曲折也使它成为福尔摩斯探案中最受读者喜爱的一篇。

柯南道尔在这部长篇小说中采用的开局手法同前两部一样，仍然以展示福尔摩斯的逻辑推理能力开始。这次是就莫蒂默医生头天晚上来访不遇、忘了带走的一根手杖，同华生猜测访客是个什么样的人。与福尔摩斯相处几载以后，华生在推理能力方面大有长进，但仍然不敌福尔摩斯。

莫蒂默到来后，先念了一遍有关沼泽地上凶残无比的猎犬给巴斯克维尔家族带来灾难的文书，这没有引起福尔摩斯的兴趣。但当莫蒂默念了一段《德文郡报》上有关查尔斯爵士死亡消息的报道，并且告诉福尔摩斯，他在现场发现了猎犬的巨大脚印后，福尔摩斯立刻兴奋起来，积极介入，故事随即全景式的展开。但这一篇在叙事方式上同前两篇不同，并没有安排罪犯在被捕后亲口交代（斯泰普顿已经在出逃中淹死在沼泽地中），主要是通过华生向福尔摩斯提交的报告和华生的日记等形式来表现，最后由福尔摩斯总结案情。在小说中，除了斯泰普顿阴谋夺取巴斯克维尔庄园的财产这条主线外，还穿插着追捕巴斯克维尔庄园总管的内弟、逃犯塞尔登这条辅线，而这两条线又常常交织在一起，因此使故事跌宕起伏，波澜叠起，迷雾重重，时而峰回路转，时而柳暗花明，非常引人入胜。这是这个故事之所以成功的一个很重要的因素。

小说对人物的描写也非常成功。除了福尔摩斯的机智沉着、老谋深算、料事如神，华生的憨厚认真是一贯的以外，斯泰普顿对财富的贪欲，他为了取得巴斯克维尔庄园遗产的继承权而处心积虑、费尽心机。斯泰普顿夫人一方面人性尚存，不愿害人，另一方面对自己的丈夫又爱又怕，受其控制，身不由己，经常处在矛盾和两难境地。亨利年轻幼稚，不识世事，但心地善良，感情丰富。莫蒂默虽然粗心大意，是个"马大哈"，却助人为乐，有一付侠义心肠……这些人物的形象都跃然纸上，给读者留下深刻印象。

这个探案小说的另一个特点，是由于斯泰普顿的犯罪手法极其狡猾隐蔽，查尔斯爵士的暴毙没有留下人为犯罪的痕迹，所以警方没有立案。对于亨利的阴谋则刚刚进行之中，所以警方也没有理由介入。因此整个案件的侦破过程是由福尔摩斯和华生独立完成的，只在最后"收网"阶段，福尔摩斯无权抓人，才发电报请苏格兰场的警长雷斯垂德带拘票前来协助。

最后需要指出的是，犯罪分子利用动物作案，古今中外早有先例，并非柯南道尔的发明。比如我国古代公案小说中就有利用蛇作案的：一个有了外遇的妻子，借助于一根中空的竹子，强使一条蛇从肛门钻进有病的丈夫的肚子里去，把他不留痕迹地弄死。这类案件中，被害人的死因很难查清，幕后凶手常常不在现场，因此非常隐蔽，难以定罪。在福尔摩斯探案中，不止一个这样的案件，例如在《斑点带子案》（The Adventure of the Speckled Band）中，图谋侵吞财产的继父也就企图利用蛇把两个继女害死；但在害死一个继女以后，另一个继女找了福尔摩斯，以致自己被蛇咬死了。在所有这类案件中，应该说柯南道尔的《巴斯克维尔的猎犬》这个故事是最精彩的一个。

情节漏洞

这个案件破案的关键是斯泰普顿在忘乎所以中向华生透露了他早年曾经在北方办过一所小学，根据这一线索以及斯泰普顿的生物学家身份，福尔摩斯追查到一个叫范德勒的人并获得一张背面写着"范德勒夫妇"的照片。按理，福尔摩斯必须证实范德勒就是斯泰普顿，照片中的"范德勒夫妇"就是"斯泰普顿兄妹"，因为提供照片的人不可能知道范德勒已改名为斯泰普顿，范德勒夫人已经变身为斯泰普顿的妹妹，而福尔摩斯又从来没有见过他们！在伦敦，福尔摩斯见过马车中的斯泰普顿，但那时斯泰普顿化着装。当华生在沼泽地中找到福尔摩斯的时候，福尔摩斯如果向华生出示这张照片，立刻就可以证实照片中的"范德勒夫妇"就是"斯泰普顿兄妹"，从而最终断定这对冒牌的兄妹是这场悲剧的制造者。而小说中，福尔摩斯却奇怪地没有向华生出示这张照片并求证，就宣称"我稍稍调查了一下，了解到有一所小学，因为情况很糟糕，办不下去而关闭了，那个办学的人——姓名不相同——带上妻子不知去向。夫妻两人的相貌特征完全和他们吻合。但是我又了解到，这个失踪的人也热衷于昆虫学。好了，鉴别人物的工作就告完满结束。"稍有常识的人都知道，相貌特征吻合和有相同的爱好只是认定为同一人的必要条件而非充分条件，因此，福尔摩斯仅凭这两点就宣告鉴别人物的工作"完满结束"，实在是过于草率了，这同他一贯严密细致的作风是完全背道而驰的。小说让福尔摩斯口袋里装着这张照片，却不让他利用这张照片通过华生证实斯泰普顿兄妹的真实身份，而只利用这张照片攻破劳拉·莱昂斯的心理防线，实在是一个不大不小的疏忽。当然，在会见劳拉时，福尔摩斯可以肯定照片中的范德勒就是斯泰普顿了，因为他已经在塞尔登的尸体旁见过他了；但是照片中的范德勒夫人是否就是所谓的斯泰普顿的妹妹，对于福尔摩斯来说还是未知的，因为他没有见过她，除非福尔摩斯此前让华生辨认过照片上的人。

在沼泽地中猎犬本来要攻击的对象是亨利而不是塞尔登，因为斯泰普顿为了掩盖他看到塞尔登的尸体后所显露出来的对亨利的关心，向福尔摩斯和华生道出实情，他当天曾经约亨利"随便过来玩玩"的。亨利后来也证实，"斯泰普顿带一个口信来，叫我过去"。这说明当天的事件是斯泰普顿精心策划的阴谋，但由于亨利"讲话算数，答应好单独一个人不外出，就不外出"，因而未能得逞，塞尔登成了替死鬼。而早在此之前，华生已经向福尔摩斯报告过，斯泰普顿邀请亨利和他下一天去共进晚餐。于是福尔摩斯作了精心布置，粉碎了斯泰普顿的阴谋，打死了猎犬，使斯泰普顿自己成了沼泽地的牺牲品。问题来了，斯泰普顿怎么会预先安排接连两天的针对亨利的两个阴谋呢？如果说斯泰普顿预知他的第一个阴谋不会成功，因此同时安排了第二个阴谋，这是荒谬的。如果说斯泰普顿在安排了第二个阴谋以后，由于性急难耐，所以又安排了提前一天的第一个阴谋，这恐怕也说不过去，因为斯泰普顿已经潜伏了好几年，说明他有足够的耐心，不会在乎早一天晚一天。由此可知，小说的这一情节明显也是有漏洞的，是不符合生活的真实的。如果柯南道尔不那么匆忙，把斯泰普顿邀请亨利共进晚餐安排在塞尔登死亡事件过后几天进行，整个故事就更加合情合理了。